BIBLIOTHÈQUE DE LA JEUNESSE

LA PETITE DUCHESSE

PAR Mlle ZÉNAÏDE FLEURIOT

LIBRAIRIE 2·50 HACHETTE

LA PETITE DUCHESSE

Mlle Fleuriot. — La Petite Duchesse.

1

ILS S'AMUSAIENT A SINGER LES BELLES MANIÈRES.

BIBLIOTHÈQUE DE LA JEUNESSE

LA PETITE DUCHESSE

PAR

Mlle ZÉNAÏDE FLEURIOT

ILLUSTRATIONS D'APRÈS A. MARIE

LIBRAIRIE HACHETTE

79, BOULEVARD SAINT-GERMAIN, PARIS

Le coupé de la marquise.

LA PETITE DUCHESSE

I

Au parloir.

Midi et demi viennent de sonner à toutes les églises du faubourg Saint-Germain, et de nombreux équipages encombrent l'étroite rue de Varenne qui relie le boulevard des Invalides à la rue du Bac. Landaus, calèches, coupés, fiacres se rangent avec ordre le long des trottoirs, lorsqu'ils ont déposé au seuil du grand hôtel silencieux devenu le couvent du Sacré-Cœur les personnes qui se rendent aux parloirs ouverts les dimanches et les mercredis.

Bon nombre de familles ont déjà passé sous le haut portail, mais le mouvement se continue et l'on voit se démener un petit homme qui sautille de-ci, de-là, et dont la mission est évidemment d'inviter les cochers à laisser l'entrée libre, et d'appeler les voitures des sortants.

Tout à coup il bondit vivement en arrière, en assujettissant de la main sa casquette, sur laquelle il a senti passer les naseaux fumants d'un cheval magnifique attelé à un coupé bleu aux filets blancs, qui paraît sortir tout frais verni des ateliers de Binder. Sur le siège sont assis un cocher de la plus belle mine et un jeune groom à l'air éveillé.

Le cocher maintient non sans peine son fougueux cheval qui piétine sur place, tandis que le groom, changeant quelque peu l'expression de sa physionomie impertinente, saute à bas de son siège et vient ouvrir la portière du coupé. Une très jeune femme en descend, marche languissamment vers le portail, traverse la cour, prononce du bout des lèvres le nom de mademoiselle de la Rochefaucon en passant près du vasistas ouvert de la porterie, où se tient le registre des visites, enfile un promenoir et pénètre dans les salons. A son entrée, les regards distraits s'attachent sur elle avec cette nuance d'étonnement que la politesse elle-même permet, étonnement bien peu flatteur, que la jeune femme confondit évidemment avec l'attention dont on honore les personnes qui possèdent un de ces dons rayonnants refusés au vulgaire.

Ce n'était pas tant sa personne que sa toilette qui lui valait cette impression de surprise : sa personne ne manquait pas de distinction, mais sa toilette, à la fois élégante et superbe, était du goût le plus hasardé. Sa taille grêle était en quelque sorte moulée dans une robe d'une teinte sans nom : une ceinture à écailles d'argent ceignait ses basques à longs pans et produisait un léger cliquetis à chacun de ses pas; ses cheveux noirs, artistement emmêlés et coupés droit en avant, s'allongeaient de deux pouces sur son front comme pour y voiler la pensée, ce qui ne semblait nullement nécessaire; son visage, fatigué malgré sa grande jeunesse, était blanc de poudre et l'on devinait que c'était à une fraude qu'était due la longueur inusitée de ses yeux. Telle était la jeune marquise de Valroux, qui venait entre deux fêtes, entre un raout et une course, visiter sa sœur, orpheline comme elle, hélas! et pensionnaire au Sacré-Cœur depuis la dernière rentrée.

La jeune femme alla s'installer dans les dernières chaises vides et attendit, en donnant des signes visibles d'impatience. Elle ôtait sans cesse d'un petit gousset de satin une montre microscopique entourée de perles fines; elle regardait vaguement les lignes des corniches sculptées et les médaillons chargés d'arabesques des blancs lambris; elle faisait s'entre-choquer les chaises par les mouvements fébriles de ses petits pieds; ce fut ce dernier bruit qui attira l'attention d'une religieuse qui passait dans les groupes.

Elle tourna son calme et profond regard vers l'angle où s'agitait Mme de Valroux, et, saluant les personnes dont elle s'occupait, glissa vers l'impatiente.

Celle-ci, la voyant approcher, se leva et répondit à son salut par une profonde révérence.

Les personnes dont le devoir d'état serait d'enseigner à tous, par l'exemple, l'exquise politesse française, ne rompent que trop, de notre temps, avec ses traditions; mais il est des habitudes d'éducation première qui résistent à toute mauvaise influence, et devant cette religieuse, dont le sombre vêtement et l'humble attitude ne parvenaient pas à dissimuler le grand air, la jeune femme reprit toute sa grâce mondaine.

« Madame la marquise de Valroux, je crois, dit la religieuse.

— Oui, madame, je viens voir Alberte. Comment va-t-elle?

— Elle se porte très bien, madame.

— Et est-elle sage? »

La religieuse hocha doucement la tête et répondit :

« Je ne puis vous dire autant de bien de sa santé morale que de sa santé physique.

— Cette pauvre Alberte! Elle n'est pas sage, vraiment? Elle est obstinée, n'est-ce pas? Nous sommes toutes obstinées dans notre famille.

— L'obstination a du bon, madame, lorsqu'elle est dirigée vers le bien.

— Mais Alberte n'est pas une mauvaise petite fille; tout le monde la trouve jolie et gentille à croquer. Que fait-elle donc au Sacré-Cœur?

— Elle s'ennuie, madame. »

La marquise de Valroux appliqua son mouchoir brodé sur ses lèvres pour dissimuler le sourire qu'elle ne pouvait retenir.

Puis elle reprit :

« Oh! vous avez voulu m'effrayer; ce n'est que cela?

— Pour nous, madame, c'est beaucoup. Dans les maisons religieuses, l'ennui et la tristesse qui en découle, sont regardés presque comme un huitième péché capital.

— Oh! je le sais bien. J'ai été élevée au Sacré-Cœur et je... pardonnez-moi ma franchise, je m'y suis beaucoup ennuyée.

— Alberte nous l'a dit, et il me semble que vous le lui avez écrit, madame.

— Eh oui, afin de l'encourager à subir courageusement ses années de pension.

Elle se plaint tellement dans ses lettres, que je suis revenue de Valroux exprès pour elle.

— Elle vous aime beaucoup.

— C'est tout simple : elle sait bien que, dans la famille, elle ne peut guère compter que sur moi pour excuser ses mauvaises notes. Je soupçonne qu'elle ne se conduit ainsi que pour se faire renvoyer.

— Oh non! cela ne va pas jusque-là. Cependant elle ne dissimule pas le vif désir qu'elle éprouve de quitter la maison, où d'ailleurs elle ne pourrait rester si elle ne prend pas un meilleur esprit. L'ironie et l'orgueil sont également détendus et Alberte s'est montrée si hautaine, que ses compagnes l'ont surnommée : la Petite Duchesse.

— Mais je ne sais vraiment ce qui la pousse à de tels excès. Elle était très facile autrefois.

— Probablement parce qu'elle faisait toutes ses volontés.

— Ah! certes, oui. Notre pauvre père n'a jamais voulu que nous fussions contrariées en rien, et si je n'étais devenue absolument insupportable, il ne m'aurait pas mise au Sacré-Cœur, où je ne sais pourquoi, je me suis toujours ennuyée comme Alberte.

— Espérons qu'elle se guérira de cet ennui.

— Oh oui! espérons-le; mais, madame, comment vous y prendrez-vous pour la guérison?

— De notre mieux. Dieu merci, il y a de grandes ressources. Le cœur nous est refusé; la pauvre enfant n'a qu'une piété superficielle et appartient tout entière aux désirs de la vie mondaine, de la vie agréable, que sa triste qualité d'orpheline lui rend maintenant impossible, mais l'esprit reste. Elle est bien intelligente, et le jour où le travail intellectuel lui fera sentir son puissant attrait, l'ennui sera à demi vaincu.

— Ce jour-là est encore éloigné, madame; elle a comme moi une paresse insurmontable pour certaines choses. Mon mari prétend que je suis atteinte de scriptophobie et Alberte me ressemble beaucoup. »

Un imperceptible hochement de tête fut la réponse polie de la religieuse.

« Oh! physiquement, pas du tout, reprit vivement la jeune femme, mais autrement beaucoup, je vous assure. A-t-elle grandi?

— Vous allez en juger vous-même, car la voici, dit la religieuse; je vous laisse avec elle, madame. »

Et, s'inclinant, elle s'éloigna.

Sur le seuil de la petite porte aux fines moulures qui s'ouvrait à gauche du salon du fond, était appuyée une grande enfant dont la physionomie portait en effet l'empreinte de cette chose pesante, maussade, énervante, qui s'appelle l'ennui. Les grandes et petites filles qui entraient dans les salons avaient toutes l'air animé, sinon joyeux. Celle-ci promenait son œil bleu autour d'elle et marchait nonchalamment en avant et tout à fait au hasard. En traversant les groupes pressés, elle daigna sourire à quelques petites filles auxquelles leurs parents demandèrent son nom.

« C'est la petite duchesse », répondirent-elles.

Alberte portait comme les autres la simple robe d'uniforme de cachemire gros bleu, ornée au corsage d'une berthe étroite bordée de velours noir; elle était coiffée comme les autres et ses cheveux châtains, brillants et gonflés restaient emprisonnés sous une résille épaisse; mais son attitude indifférente et aussi, il faut le dire, son frais visage, ses yeux bleus très lumineux, sa taille déjà si bien prise, la distinguaient naturellement de la masse des élèves.

Tout à coup elle aperçut une petite main gantée de gris qui s'agitait dans un coin et son visage rayonna. En une seconde elle fut auprès de la marquise de Valroux et se jetant dans ses bras :

« Enfin, c'est toi! dit-elle; oh! Madeleine, enfin c'est toi!

— Eh oui! j'ai quitté Valroux voilà une semaine et j'accours au premier jour de parloir. Mais comme il faut attendre! Tu ne te presses guère de venir au salon.

— Que veux-tu? j'ai beau t'écrire, tu ne viens pas, même les jours de courses. Je croyais trouver tout simplement le bon Morin.

— Morin, de chez ma tante de la Rochefaucon?

— Eh oui! c'est lui qui me visite toujours avec un sac de chocolat praliné et les amitiés de madame la duchesse, qui viendra me voir quand ses rhumatismes iront mieux. Ils ne vont jamais bien, il paraît, car je ne l'ai pas encore vue. »

Tout en parlant ainsi avec de beaux yeux bleus bien brillants et le plus séduisant des sourires, Alberte s'était assise devant sa sœur.

« Comme tu as grandi depuis deux mois! dit Mme de Valroux en regardant l'enfant.

— Je grandis tous les jours. Je serai une vraie la Rochefaucon, moi. Toi pas. »

Elle se tut et son visage s'assombrit.

« Papa disait cela toujours, dit-elle, il savait que je serais grande comme lui. Le dernier jour que je l'ai vu, il m'a mesurée, j'ai gardé le ruban. »

A ce souvenir, deux larmes jaillirent de ses yeux et roulèrent sur sa robe bleue, tandis qu'elle tirait de sa poche un coquillage nacré qui, en s'ouvrant, laissa voir un ruban gris, étroit et terni, qu'elle déroula lentement.

« Pauvre père! murmura Mme de Valroux, émue en quelque sorte malgré elle; il était bien bon et il t'aimait à me rendre jalouse. Mais, ajouta-t-elle en secouant la tête comme pour chasser ses pensées pénibles, ma visite n'est pas destinée à te faire pleurer, au contraire. Il paraît que tu ne t'amuses guère ici? »

Alberte leva les yeux au plafond et répondit :

« Je m'y ennuie à périr.

— Tu nous le dis assez dans tes lettres. Cependant, voyons, il faut bien s'instruire, — Mme de Valroux drapa la longue traîne de sa robe, — se former... — elle lissa l'affreuse petite frange de cheveux qui lui couvrait le front, — tout le monde passe par la pension ou le cours. Tu sais bien que j'ai été mise en pension comme toi.

— Puisque tu étais insupportable, Madeleine.

— Et ce n'est pas ton cas?

— Non, répondit Alberte gravement : si tu voulais me prendre chez toi, tu verrais comme je serais sage. Ici on est trop sévère; ces dames sont bien bonnes, mais on est mise au silence, on ne peut pas choisir ses voisines; il faut travailler sans cesse et tout accomplir à la même heure, ensemble. Moi qui ne suis pas habituée à cela, j'en maigris. Oh! je t'en prie, Madeleine, prends-moi chez toi, je ne veux plus rester ici, non, non, non. »

Mme de Valroux regardait la petite fille qui fronçait les sourcils, et dont l'épaisse chevelure semblait se soulever de résistance, tandis qu'elle répétait : non, non, non.

« C'est vrai que vous êtes bien mal habillées dans ce couvent », dit gravement la jeune femme.

Alberte la regarda d'un air singulier, puis devinant, avec une finesse précoce, quelle était la nature des raisons propres à toucher sa sœur, elle dit vivement :

« Oh oui! regarde, nous sommes affreuses, et l'on ne peut rien changer à cette toilette-là.

— Rien absolument?

— Rien. J'ai laissé pendre mes cheveux dans un filet parce que c'était jour de salon et qu'ils sont trop lourds arrangés autrement; mais avant ce soir quelques-unes de ces dames s'en apercevront et le chignon général me sera imposé. »

Mme de Valroux se mit à rire.

« Et j'aimerais tant être coiffée comme toi! reprit Alberte encouragée par ce sourire. Que c'est donc drôle... et joli d'avoir une petite frange comme cela sur le front!

— Tu trouves?

— Oh oui! c'est vilain les grands fronts.

— La mode n'en veut plus, mais du tout.

— Alors je suis à la mode, dit Alberte en passant sa main fine sur son front gracieux.

— Tout à fait.

— Tu as une bien jolie toilette aussi, Madeleine. C'est brun, c'est rouge, c'est jaune...

— C'est prune, Alberte.

— Prune! prune de perdrigon alors. Ah! qu'il y en avait de bonnes dans nos espaliers! Je t'en prie, emmène-moi à Valroux, Madeleine.

— Mais nous en reviendrons bientôt, je puis même dire que nous en sommes revenus.

— Eh bien, je reviendrai avec toi. Je m'amuserai encore plus aux Champs-Élysées qu'à Valroux.

— Mais puisqu'on t'a mise ici, Alberte, c'est pour que tu y restes.

— C'est ma tante de la Rochefaucon qui m'a emprisonnée, et si ton mari, qui est mon tuteur, veut me reprendre, il me reprendra. »

Mme de Valroux se rapprocha de sa sœur.

« Écoute, dit-elle d'un ton confidentiel, l'oncle de Médéric, M. de Baillery, est très mal, comme tu sais.

— Tu me l'as écrit.

— Il est devenu tout à fait mal. S'il meurt, j'aurai six semaines de grand deuil.

— Eh bien?

— Eh bien, la famille de mon mari est très forte sur l'étiquette et je serai claque-murée dans mon crêpe.

— Comme moi dans mon bleu.

— Je déteste le noir, j'en ai tant porté! Ne pouvant plus user de mes distractions habituelles, je m'ennuierai à mourir.

— Comme moi.

— Alors, je te reprendrai, si mon mari y consent.

— Madeleine, dis-tu vrai?

— Oui, mais calme-toi. M. de Baillery n'est pas mort. »

Alberte baissa la tête avec découragement.

Mme de Valroux se leva.

« Alberte, sois raisonnable, dit-elle gentiment; tu aimes bien quelque chose... le dessin... la musique.

— Je n'aime rien ici.

— Mais tu auras les vacances.

— J'en voudrais toute l'année.

— Es-tu mignonne! dit Mme de Valroux en entraînant sa sœur. Décidément, ce costume est bien laid. Qui est cette petite fille qui te dit bonjour? elle a le teint étrange.

— Elle est Péruvienne.

— Et cette autre, qui est si blanche?

— Elle est Écossaise.

— Et celle-ci, qui a un grand ruban de moire bleue en bandoulière?

— C'est une Italienne qui ne quitte pas le cordon de mérite.

— Ah vraiment! toutes les nations se donnent rendez-vous ici : c'est amusant, très amusant. Adieu, mon bijou, sois bien sage. »

Les deux sœurs s'embrassèrent dans le petit vestibule qui précède les salons, puis se séparèrent. Alberte disparut par la porte latérale et Madeleine reprit le passage voûté.

Comme elle atteignait la barrière qui ne s'ouvrait qu'à l'intérieur, un homme blond et élégant se présentait au vasistas.

La jeune femme poussa vivement la barrière : « Médéric », dit-elle.

Ils se regardèrent.

« Mille pardons, madame; j'aperçois Mme de Valroux, dit le monsieur blond en saluant la religieuse, et s'avançant au-devant de la jeune femme, il lui prit le bras et l'entraîna dans la cour.

« Vous n'avez pas voulu venir voir Alberte et vous voilà, dit Madeleine d'un air mutin.

— Il s'agit bien d'Alberte. Mon oncle est mort. »

Mme de Valroux pâlit sous sa poudre.

« Oh! quel malheur! s'exclama-t-elle en joignant les mains.

— Attendu, il me semble. Voilà une émotion tout à fait inexplicable pour moi, Madeleine.

— Mais, mon ami, songez donc, six

semaines de grand deuil? gémit la jeune femme.

— Ah! très bien, j'y suis, dit M. de Valroux d'un accent légèrement ironique; le noir ne vous sied pas.

— Il me va horriblement et m'attriste à mourir. Médéric, attendez donc un instant : si nous reprenions Alberte?

— Pourquoi faire?

— Mais comme distraction.

— J'avoue que je ne sais comment Alberte me distrairait.

— Pas vous, mais moi. Vous, vous aurez toujours votre cercle, vos chevaux, ceci, cela. Les hommes se distraient toujours. Moi, je n'aurai rien que ma tante de la Rochefaucon : il me faut absolument Alberte.

— Laissez donc Alberte à ses études, à cette maison, Madeleine.

— Elle s'y ennuie à périr.

— Tant pis.

— Tant mieux, puisque cela me donne le prétexte de la reprendre. Médéric, ne pouvez-vous pas la demander sur-le-champ à la supérieure. »

Elle l'avait entraîné, et, à l'ombre du grand portail, il se passa entre eux une scène véritablement amusante, une comédie d'enfants gâtés.

« Voyons, Madeleine, vous ne pensez pas sérieusement à reprendre cette enfant.

— Le plus sérieusement du monde.

— C'est un caprice.

— C'est une très heureuse idée.

— Et si elle vous ennuie, votre fantaisie passée?

— Je la glisserai à ma tante.

— Et si votre tante n'en veut pas?

— Je la réintégrerai dans le couvent.

— C'est absurde.

— C'est très ingénieux.

— Ingénieux d'avoir chez soi une fillette qu'on ne sait où placer, dont on ne sait que faire.

— Elle joue très bien au croquet.

— Ah!

— Elle est de première force au billard.

— Par exemple!

— Je vous assure. Mon père s'amusait à la faire jouer et l'avait rendue très forte.

— Vous m'en direz tant.

— Elle nous distraira beaucoup pendant notre deuil, je vous l'affirme. Car enfin pensez-y, si votre tante de Baillery reste à Paris, vous ne verrez plus une âme.

— C'est vrai.

— Et Alberte ne vous demanderait pas

en grâce de la prendre, qu'il faudrait y songer. Elle veut venir chez nous absolument; vous savez qu'elle m'adore; d'ailleurs il y va de sa santé. Médéric, je vous prie, retourner parler à Mme la supérieure, je vous attends dans le coupé.

— Allez-y vous-même, Madeleine.

— Elle ne me connaît pas, elle me dirait mille raisons contre, d'un air imposant, et ne prendrait pas ma demande en considération sérieuse. Vous parlerez en tuteur, ce sera beaucoup plus grave. »

M. de Valroux fit un pas vers la communauté, puis se ravisant :

« J'écrirai, dit-il, j'aime mieux cela.

— Mais quand?

— Ce soir, si votre caprice dure jusque-là.

— Il durera. Où allez-vous?

— A la mairie du septième arrondissement. On m'a chargé des formalités indispensables.

— Si je vous y conduisais?

— Non, allez plutôt commander votre deuil et voir ma tante. »

Ce disant, il lui offrit la main pour monter dans le coupé. Puis il tira un étui à cigares de sa poche, en alluma un, et descendit la rue d'un pas léger, tandis que le beau cheval bai clair entraînait le coupé vers le boulevard.

II

Hors de cage.

Le surlendemain de ce jour, entre trois et quatre heures, le même équipage s'arrêtait dans la rue de Varenne, devenue parfaitement déserte. Une femme de chambre en descendit et se rendit au guichet d'entrée. Elle dit à la religieuse qui apparaissait derrière les vitres, qu'elle venait chercher Mlle de la Rochefaucon.

La religieuse inclina la tête avec un demi-sourire, la porte s'ouvrit et une sœur converse fit entrer la jeune fille dans un des petits parloirs latéraux.

« Ma sœur, surtout que Mlle Alberte vienne bien vite, dit-elle d'un air important; Mme la marquise n'aime pas à attendre. »

Elle ne reçut pour toute réponse qu'une charitable inclination de tête, et la sœur, remontant la petite galerie, pénétra dans le grand parloir du dimanche, plongé dans une demi-obscurité.

Alberte, en uniforme de sortie, s'y trouvait. Elle se leva en voyant entrer la sœur.

« Vient-on me chercher? demanda-t-elle fiévreusement.

— Oui, mademoiselle.

— Oh! ma sœur, prévenez Mme de Lander, je vous en prie; elle est allée demander à Mme la supérieure si c'était bien à dix heures qu'on devait venir. »

Comme elle prononçait ces paroles, une porte s'ouvrit sans bruit et la religieuse qui avait échangé l'avant-veille quelques paroles avec la marquise de Valroux entra.

La sœur lui dit quelques mots à voix basse, puis disparut.

La religieuse s'approcha de l'enfant et, lui prenant la main :

« Ma pauvre Alberte, l'heure tant désirée de votre liberté sonne, dit-elle, vous en êtes ravie.

— Oui, madame, répondit franchement Alberte.

— Les oiseaux qui volètent avant le temps hors de leur nid sont ravis aussi ; mais vous savez ce qui leur advient : ils se blessent, ils se meurtrissent à tout, n'ayant pas les ailes assez fortes pour prendre un vol quelconque, et ils périssent le plus souvent.

— Mais je ne suis pas un oiseau, madame.

— Aussi votre entêtement est-il plus coupable que le sien et votre imprudence a-t-elle peu d'excuse, puisque vous n'êtes pas un être inconscient. Ma chère Alberte, la liberté absolue n'est pas plus faite pour l'enfant que pour le petit oiseau. »

Alberte baissa la tête.

« Je m'ennuie tant ici ! soupira-t-elle.

— Parce que l'ordre, la régularité, blessent votre nature spontanée et capricieuse; mais, je vous le dis, vous vous ennuierez partout et sans profit aucun.

— Oh! madame, si vous saviez comme Madeleine est gentille et comme Médéric est gai. Nous jouerons au croquet ensemble, j'irai partout avec ma sœur. Comment pourrais-je m'ennuyer?

— La dissipation n'a jamais suffi aux êtres intelligents : vous ne vous apercevez pas que vous grandissez et que les jeux puérils vous seront bientôt à charge.

— Oh! je travaillerai; ma sœur l'a écrit à Mme la supérieure.

— Vous ne travaillerez pas et vous allez perdre les années les plus précieuses de la vie, les seules qu'une femme puisse raisonnablement consacrer tout entières à son instruction et à son éducation. Je ne dis pas ceci pour diminuer votre joie, ma pauvre enfant; mais je sais que vous prenez une voie fausse et je dois vous le faire remarquer. Je n'ai plus qu'un conseil à vous donner : soyez fidèle à Dieu, et si un jour, revenue à de plus sages idées, vous voulez rentrer dans cette maison pour y achever cette éducation malheureusement entravée, elle vous sera ouverte. Nous prierons pour vous. »

Ces paroles prononcées avec gravité,

mais d'une voix pénétrante, émurent Alberte. Elle se jeta dans les bras de la religieuse :

« Oh ! que vous êtes bonne ! dit-elle ; si je restais ? »

La religieuse sourit et répondit :

« Cela n'est guère possible maintenant. Votre sœur, accablée sous ce deuil obligé, compte sur vous pour la distraire, et notre

« Montez donc sur le siège, Céline.

— Mademoiselle, je vais chercher le manchon de Mme la marquise. Elle l'a oublié ce matin chez Mme de Baillery, en revenant de cet enterrement qui l'a tout à fait bouleversée.

— Je pourrais vous conduire, c'est tout près.

— Oh non ! Madame attend mademoi-

Alberte prit finalement une pose de dame.

Mère elle-même, qui a défendu depuis deux jours l'intérêt de votre avenir contre la volonté que vous exprimiez, ne peut revenir sur une résolution que votre tuteur a déterminée par ses instances. Adieu donc, ma chère enfant ; non, au revoir, s'il plaît à Dieu. »

Elle conduisit Alberte jusqu'au petit parloir où la femme de chambre attendait, et la quitta après lui avoir affectueusement serré les deux mains.

Alberte sortit du couvent la tête baissée, toute pâle d'émotion ; mais la vue du coupé et du cheval fringant chassa instantanément l'impression pénible, et ce fut en souriant qu'elle répondit au salut du cocher.

Elle entra dans le coupé et dit :

selle avec trop d'impatience. Chez M. de Baillery, d'ailleurs, tout est sens dessus dessous, et puis je ne serai pas fâchée de dire un petit bonjour à la femme de chambre qui est une amie. Madame a pensé que, lorsque j'aurai mis mademoiselle en voiture, elle pourra partir seule pour l'hôtel.

— Oh ! certainement », dit Alberte en retirant la portière à elle, et faisant un petit signe d'adieu à Céline.

La voiture partit, et la pensionnaire émancipée put à l'aise se livrer à sa joie, très enfantine dans ses manifestations.

Elle se mit à bondir sur les coussins brillants, elle fit sauter les glands et les torsades de soie, elle chanta *Au clair de la lune* en s'accompagnant sur les vitres, et finalement prit une pose de dame; et ce fut dans ce dernier rôle, majestueusement et cependant nonchalamment assise, qu'elle fit son entrée dans la cour enguirlandée de lierre d'un petit hôtel des Champs-Élysées.

Elle trouva à la descente de voiture son beau-frère, qui l'embrassa affectueusement et la conduisit au premier étage. Arrivé devant une porte à moulures dorées, il retira son bras.

« Vous n'entrez pas, Médéric? dit Alberte.

— Dieu m'en garde! Votre sœur est en syncope depuis tantôt, parce que je l'ai fait assister au convoi de mon oncle, et j'en ai assez. Puisque vous voilà, je cours chez ma mère, que je n'ai pas vue depuis deux jours. »

Et il disparut. Alberte entra dans un boudoir charmant, puis disant tout haut : « Madeleine, où es-tu? » elle pénétra dans une chambre à coucher rose qu'on avait à dessein plongée dans une demi-obscurité.

Mme de Valroux était étendue sur un sofa et buvait, à petites gorgées, un liquide parfumé que lui présentait une femme de service debout devant elle.

« Tu es donc malade? » s'écria Alberte en courant à elle.

Mme de Valroux soupira profondément.

« Comment ne le serais-je pas? Voilà deux jours que je n'entends parler que de mort, d'enterrement, de deuil. J'avais feint une indisposition pour ne pas aller au convoi, Médéric n'a jamais voulu me dispenser de cette lugubre cérémonie. Enfin, te voilà, toi au moins tu me distrairas, tu ne seras pas à me raconter des détails d'agonie à faire trembler. C'est déjà bien assez de porter tout ce noir. Cela me va horriblement, n'est-ce pas? Madame Louis, levez les stores, je vous prie. J'avais demandé un demi-jour, on me fait une obscurité complète. »

Les stores se levèrent à demi, et Mme de Valroux, quittant sa pose accablée, rangea de côté sa longue jupe noire et dit à Alberte :

« Assieds-toi là et raconte-moi comment cela s'est passé à ton couvent. Tu sais que Médéric avait écrit avant-hier et que je comptais sur toi, hier.

— Oui, mais on ne sort pas comme cela du Sacré-Cœur. J'ai eu bien peur que Mme la supérieure ne voulût pas me laisser partir.

— Elle nous a écrit de bien belles lettres; j'aurais dû les conserver. Ces dames sont vraiment bonnes. Es-tu heureuse, ma chérie! tu n'es pas en deuil, toi.

— Mon bleu n'est pas beaucoup plus gai.

— Oh si! et d'ailleurs tu vas le quitter. Demain je pourrai sortir avec toi. Nous aurons une foule d'achats à faire. Voyons, tu as douze ans, il me semble.

— Treize, Madeleine, répondit Alberte en se redressant.

— Oh! je vois bien où tu veux en venir. Tu n'es plus une petite fille, et je sais quelle couturière je te donnerai. La mienne t'affublerait en vieille. Tantôt, que ferons-nous bien? Tu ne connais pas notre nouvelle maison. Veux-tu visiter les appartements?

— Tu es souffrante, cela te fatiguerait.

— Ton arrivée m'a guérie, je crois, dit Mme de Valroux en se levant. Certes, j'étais toute nerveuse, mais j'ai un peu grossi mon malaise pour punir Médéric de m'avoir fait assister à des scènes aussi poignantes. Je ne voudrais pas me montrer trop bien portante devant lui; mais devant toi cela n'a pas le même inconvénient. Je me demande ce qu'il devient.

— Il est sorti.

— Sorti!

— Oui, il m'a dit qu'il allait chez sa mère. »

Madeleine fit un geste d'impatience.

« Il y est toujours maintenant, dit-elle. C'est à me faire regretter de n'avoir pas consenti à demeurer avec elle. Au moins elle aurait tenu la maison, ce qui est extrêmement ennuyeux.

— Il me semble que j'aimerais bien tenir une maison.

— Tu es une enfant, tu ne sais pas ce que c'est. Tu vois ce bureau?

— Oui, il est charmant.

— D'extérieur, mais l'intérieur est bourré de petits registres verts que je suis obligée d'ouvrir toutes les semaines pour y inscrire les comptes de la femme de charge.

— Ne pourrait-elle les inscrire elle-même?

— Sans doute; mais on avait dit à Médéric que je serais une femme prodigue et incapable, et je veux qu'il voie mon écriture là-dessus.

— Qu'est-ce que tu écris? les œufs, le poisson, les gâteaux...?

— Oh non! fi donc! Je mets : « Vu les dépenses de la semaine, total approuvé, » et je signe.

— Tu fais des additions, Madeleine?

— Non, je transporte celles de Mme Louis, c'est une honnête femme, et je voudrais qu'elle eût tout en main; mais ma belle-mère jetterait les hauts cris.

— T'ai-je dit que Mme de Lander m'avait bien recommandé d'aller la voir?

— Ah! vraiment!

— Elle m'a dit qu'elle était très bonne.

— Et que lui as-tu répondu?

— Que j'irais, bien que je n'aime pas beaucoup les vieilles dames.

— Tu n'iras pas, ou bien si, tu m'accompagneras, ce sera moins ennuyeux.

— As-tu des petites filles dans tes connaissances, Madeleine?

— Beaucoup, c'est-à-dire quelques-unes, mais je ne compte pas du tout te laisser jouer à la poupée. Tu ne me quitteras plus. Viens voir ta chambre. »

Elle passa sous une portière algérienne; Alberte la suivit et s'écria :

« La jolie chambre!

— C'était un grand cabinet de toilette; je l'ai sacrifié pour toi, et j'ai fait arranger un appartement de décharge où se trouvaient mes caisses à robes. Cette maison est très jolie, mais c'est une bonbonnière, comme tu vois. Alberte, tu parais contente, j'en suis ravie. »

Cela se voyait. Alberte courait de la fenêtre à la cheminée, de la cheminée à son alcôve, et trouvait ce nid de mousseline blanche tout à fait à son gré.

« Cette petite porte donne dans le couloir, reprit Mme de Valroux. Tu es tout à fait chez toi. Céline te servira; elle est très gentille, Céline.

— Oh! très gentille.

— Seulement elle n'aime pas Mme Louis, ni le chef, ce qui fait mon désespoir. Je te la donnerai pour m'en débarrasser un peu. Mme Louis me coiffe beaucoup mieux à l'air de mon visage, et s'il me fallait choisir entre elles, j'aimerais mieux Mme Louis.

— Pas moi, j'aimerais mieux Céline.

— Eh bien! cela s'arrangera très bien. Ah! mon Dieu, quelle heure est-il? Six heures; Médéric doit être rentré pour dîner.

— Le voici », dit Alberte.

En effet, des pas d'homme se faisaient entendre dans le corridor, M. de Valroux entra dans le boudoir.

Il paraissait de très joyeuse humeur. Il plaisanta agréablement sa femme sur sa rapide guérison, lutina Alberte et lui fit honneur de lui offrir le bras pour la conduire à table.

Le dîner fut excessivement gai, et le jeune ménage s'ingénia à trouver des distractions pour la petite échappée de pension.

Madeleine annonça pour le lendemain une séance interminable de toilette; Médéric offrit ses chevaux, ses voitures, tout son personnel.

Après le dîner, ils descendirent dans le salon du rez-de-chaussée, qui était brillamment éclairé.

Le costume d'Alberte, représenté par les miroirs rayonnants, devint un sujet de plaisanterie, et une discussion s'engagea à ce propos entre les deux étourdis. On attendait quelques intimes. M. de Valroux voulait leur présenter Alberte ce soir-là, Madeleine demandait qu'on attendît au lendemain.

« Demain, disait-elle, d'un air plein de promesses, tu seras présentable ; mais ce soir non. »

Ils firent si bien qu'Alberte prit tout à coup honte de son uniforme. Au premier

coup du timbre annonçant un visiteur, elle s'enfuit du salon, tiraillée, d'un bras par son beau-frère qui voulait la retenir, et de l'autre par sa sœur qui voulait l'entraîner. La victoire resta naturellement au combattant qui avait l'enfant pour complice, et Alberte disparut au moment où le valet de pied annonçait l'arrivant.

Elle monta rapidement au premier étage, et fut introduite par Céline dans sa petite chambre drapée de mousseline blanche.

« Mademoiselle n'a pas besoin de moi aujourd'hui pour se déshabiller? dit la femme de chambre en jetant un coup d'œil dédaigneux sur la robe bleue.

— Céline, merci, ni aujourd'hui, ni demain.

— Oh! demain, je crois bien qu'il serait difficile à mademoiselle de se passer de femme de chambre. J'emploie une demi-heure à nouer tous les rubans de madame. Dans les toilettes serrées que l'on fait à présent, on n'a pas l'idée du temps qu'il faut mettre à tout ajuster et consolider. »

Sur cet oracle Céline disparut.

Alberte, demeurée seule, se laissa tomber sur une chaise et se mit à bâiller à travers ses doigts. Elle ressentait une extrême fatigue.

« C'est vraiment bien amusant, murmura-t-elle en bâillant toujours, c'est autrement amusant qu'au Sacré-Cœur; mais cela fatigue. »

Elle se leva, et joignant les mains d'un air pensif :

« Être fidèle à Dieu, reprit-elle, je l'ai promis, il faut que je fasse ma prière. »

Elle regarda autour d'elle.

« Rien, dit-elle, il n'y a rien. »

Il n'y avait, en effet, dans cette chambre que des gravures des plus mondaines, et des statuettes qui y étaient souverainement déplacées.

Alberte alla ouvrir une aumônière accrochée à une patère. Elle en retira un livre, le feuilleta et y prit une photographie représentant le ravissant tableau d'Ary Scheffer : saint Jean reposant sur l'épaule du Sauveur.

Elle se rapprocha de son lit, fixa l'image à la tapisserie par une épingle, et s'agenouilla, récita sa prière, les mains jointes et les yeux fermés.

III

Nuages.

LES jours qui suivirent sa sortie du Sacré-Cœur, Alberte devint comme l'ombre de sa sœur. Elles voletèrent ensemble des magasins du Louvre à ceux du Petit Saint-Thomas, visitèrent tous les couturiers et tous les coiffeurs en renom, et une véritable transformation s'opéra. La pensionnaire aux manières simples, à la physionomie candide, fit place à une adolescente enfiévrée, flâneuse, attifée selon le dernier genre, c'est-à-dire de la plus singulière façon. La première fois qu'elle parut devant son beau-frère, portant, à l'instar d'un chien caniche, une plaque de petits frisons entre les deux sourcils, grandie par une robe traînante, grossie par un pouf savant, celui-ci salua Jusqu'à terre en disant :

« Fort brillante, la petite duchesse. »

Il n'en fallut pas davantage pour mettre cette appellation à la mode, et bientôt les domestiques eux-mêmes dirent :

« Je crois que madame sort en voiture avec la petite duchesse. »

Alberte rayonnait et se trouva la plus heureuse du monde pendant quinze jours,

Au bout de ce temps, elle commença à éprouver un secret ennui dans le rôle de poupée qu'elle remplissait entre les mains de sa sœur. Mme de Valroux, on se le rappelle, était clouée chez elle par son grand deuil. Son mari, aussi léger qu'elle, lui faussait souvent compagnie ; il visitait fréquemment sa mère qu'il aimait, ce qui faisait honneur à son cœur, et il fréquentait beaucoup le café et son écurie, ce qui faisait moins d'honneur à son caractère. La présence d'Alberte sauvait la jeune jeune femme d'une solitude détestée et elle joua avec elle à la poupée jusqu'à l'égoïsme. L'habiller, la déshabiller, la coiffer de dix façons différentes, lui essayer ses propres costumes pour se rendre compte de l'effet qu'ils produisaient, devint l'emploi de sa journée.

Pendant quinze jours Alberte s'amusa d'elle-même ; mais elle était intelligente, et l'ennui vint. Elle commença par éluder le plus possible les transformations de toilette, elle devint beaucoup moins docile dans les séances de coiffure et poussa l'audace jusqu'à dire que le catogan qu'elle portait était aussi gênant que ridicule. Devant ces petites résistances, Mme de Valroux devint irascible, et chaque séance de toilette se transformait en discussion souvent orageuse.

Alberte, pour échapper à son rôle de mannequin, réclamait passionnément les longues promenades en voiture que Madeleine raccourcissait comme à plaisir.

Un jour elles partirent pour le bois ; mais, à peine eurent-elles atteint le lac, que Mme de Valroux donna ordre de retourner à Paris.

Dans l'avenue de l'Impératrice, Alberte demanda à mettre pied à terre pour se promener un peu, ce que Madeleine accorda de mauvaise grâce.

Bientôt elle fit signe au cocher de se rapprocher, et comme Alberte lui disait :
« Où allons-nous ? »
Elle répondit :
« Nous rentrons, il fait un temps affreux.
— Il fait très beau, je t'assure, et il n'y a pas une heure que nous sommes sorties. »

Mme de Valroux la regarda d'un air mécontent.

« Sais-tu que tu deviens la contradiction incarnée, Alberte ? dit-elle.
— Sais-tu que tu me traites comme un enfant de six ans, Madeleine ?
— C'est possible ; une enfant est une enfant, qu'elle ait six ans ou treize ans, et je ne t'ai pas retirée du Sacré-Cœur pour être sans cesse contrariée par toi.
— Oh ! c'est bien toi qui me contraries sans cesse. Marcher sur les talons de ces bottines, que tu m'as forcée de mettre, est un supplice.
— Eh bien, je te propose de rentrer.
— Pourquoi faire ?
— Nous avons à essayer la toilette qui inaugure mon deuil.
— Nous.... Puisque ce n'est pas moi qui la porterai, il est bien inutile que je l'essaye.
— Dans tous les cas, tu ne peux te promener seule.
— Donne-moi Mme Louis ou Céline.
— J'ai besoin d'elles ; tu es vraiment insupportable avec ton goût de promenades. Une femme doit aimer son intérieur. »

Alberte se mit à rire sous son voile.

« Ah ! si Médéric entendait ! dit-elle gaiement.
— Je sais bien que vous vous arrangez maintenant tous deux pour me désobliger. Ce qui n'empêche pas qu'il me répète à satiété que rien n'est ennuyeux comme une fille de ton âge, qu'on ne sait qu'en faire, et que plusieurs de ses amis ne se soucient plus de tenir dans son salon des conversations de pensionnaire.
— Il est certain que je n'ai jamais entendu chez papa, ni au couvent, les niaiseries que disent ces messieurs, répondit Alberte en devenant rouge, et puisque je les gêne, je remonterai le soir dans ma chambre.
— Ce sera très bien vu. Que voulez-vous, Joseph ? »

Joseph, le groom, s'approchait, la casquette à la main.

LE VIEILLARD SE MIT A DESSINER.

« En promenant les chevaux, nous avons rencontré monsieur dans son tilbury. Il nous a remis ceci pour madame la marquise. »

Et il tendit à la jeune femme une enveloppe armoriée.

Elle la déchira et lut à demi-voix ces quelques lignes :

« Ma nièce, j'apprends que vous avez

— Oui, oui, cela nous promènera », répondit Alberte désarmée par ce ton léger, aussi bien que par la proposition elle-même.

Elles remontèrent en voiture, et le groom, en fermant la portière, jeta au cocher l'adresse suivante :

« Rue de Lille, 39. »

Pendant le trajet, Mme de Valroux, qui

Fort brillante, la petite duchesse.

retiré Alberte du Sacré-Cœur et je ne l'ai pas encore vue. Si les convenances vous empêchent de sortir, et je ne puis que vous approuver de porter sérieusement le deuil de M. de Baillery, j'enverrai Morin la chercher ; il vous la reconduira.

« Votre tante bien affectionnée, Duchesse de la Rochefaucon. »

« Ah! mon dieu, je l'avais absolument oubliée, » murmura Mme de Valroux.

Elle releva la tête, jeta un regard singulier à Alberte dont l'attitude et la physionomie étaient encore pleines d'agression, et dit de son ton habituel :

« Veux-tu venir voir notre tante de la Rochefaucon ?

n'était au fond, malgré sa jeunesse, qu'une ennuyée, demeura blottie dans un coin du landau.

Alberte, au contraire, assise droite, regardait au dehors et faisait mille remarques piquantes qui n'eurent pas, ce jour-là, le don de dérider sa sœur.

« Ah! mais tu t'ennuies avant d'y être, Madeleine, dit-elle tout à coup : à quoi bon ?

— C'est plus fort que moi, le nom de l'hôtel seul me donne la migraine.

— Par exemple! j'aime beaucoup le nom de papa.

— Aussi ma tante de la Rochefaucon t'adore.

— Tu crois?

— Certainement.

— Cependant elle ne vient jamais me voir.

— Elle est trop majestueuse pour les parloirs, mais elle t'envoie des bonbons et Morin, c'est énorme.

— Morin est très bon.

— Oui, mais ennuyeux aussi.

— Moi, si j'avais des domestiques, je les voudrais comme ceux de ma tante de la Rochefaucon.

— Il n'y en a plus comme cela.

— Pourquoi?

— Au lieu de t'appeler la petite duchesse, on aurait dû te nommer mademoiselle Pourquoi. Tu sais que je m'occupe peu des domestiques, qui sont tous plus ou moins difficiles. Nous sommes arrivées. Ah! mon Dieu! peut-on habiter par goût un pareil hôtel! »

Tout le monde n'eût pas été de l'avis de la jeune femme. L'hôtel de la Rochefaucon comptait parmi un des plus beaux hôtels du faubourg Saint-Germain et nul n'avait plus grand air. Sur les lourds panneaux de chêne de sa porte cochère étaient sculptés un large bouclier et un pennon terminé en fer de lance, qui annonçaient à tout passant l'illustration guerrière de la famille. Une vaste cour pavée, sur laquelle on aurait vainement cherché un brin d'herbe ou une tache de boue, séparait la rue de l'hôtel. On distinguait néanmoins très bien de la rue, sur le fronton noirci, l'écusson armorié portant : de gueules au faucon naturel chaperonné d'azur, posé sur une roche de sable et surmonté du tortil de baron, qui avait précédé la couronne ducale.

Ce qui manquait évidemment à l'habitation, c'était la vie. Plusieurs des hautes fenêtres, on en comptait onze à chaque étage, étaient assombries par des volets intérieurs fermés en plein jour, et à toutes les autres il y avait une telle profusion de rideaux soigneusement tirés, correctement drapés, que l'aspect en était quasi aussi froid.

Lorsque le landau entra dans la cour, un concierge, en habit de ville très soigné, sortit d'un petit bâtiment placé à l'ombre d'un pilastre; mais, reconnaissant la livrée, il s'inclina et tourna les talons. La voiture, rasant le perron, alla s'arrêter devant une porte assez grande pour donner accès dans un hôtel ordinaire, mais qui ne jouait cependant que le rôle d'une petite entrée.

La marquise et Alberte descendirent, entrèrent dans un grand vestibule et gravirent un escalier où se voyaient à profusion les riches ornementations d'un autre temps, mais qui n'avait rien emprunté à la mollesse moderne. Les marches étaient larges, polies, d'une seule pierre, mais sans chemin velouté; la rampe était une merveille de serrurerie, mais sans revêtement précieux; c'était sur du fer qu'on s'appuyait, et non point sur de l'ébène ou des cordons soyeux.

A chaque palier, Madeleine s'arrêtait pour frissonner un peu. Alberte la devançait joyeusement et l'attendait en la querellant sur sa lenteur.

Dans une première antichambre elles trouvèrent un vieux domestique en culottes courtes qui les précéda sans mot dire à travers de grands appartements silencieux, et les introduisit dans une pièce meublée à la Louis XIII, et où se trouvait la duchesse de la Rochefaucon, en la seule compagnie de ses illustres aïeux, dont les portraits à la toile crevassée laissaient apparaître çà et là, sur la boiserie grise, le visage pur d'une épousée de quinze ans, entre la face altière et sombre d'un guerrier en cuirasse, et le visage souriant et fin d'un courtisan grand seigneur.

La duchesse de la Rochefaucon était un beau type de l'ancienne noblesse. Elle avait un peu de roideur, mais beaucoup de majesté, adoucie par cette politesse exquise qui s'allie parfaitement avec la dignité, d'où qu'elle vienne. Son visage avait au repos une froideur vraiment glacée, grâce à la position de sa lèvre inférieure qui avançait comme le rebord d'une coupe, et à la rigidité de traits inhérente à une vieillesse avancée; mais elle saluait avec une noblesse pleine de grâce et son sourire était bienveillant.

A l'entrée de ses nièces, elle plia la lettre qu'elle lisait, porta son doigt d'ivoire à un pince-nez d'écaille qui glissa sur le satin de sa robe, posa tour à tour sur les jeunes fronts, qui s'inclinaient devant elle, un baiser plutôt cordial que maternel; puis, se renversant dans son fauteuil :

« L'oiseau a donc réussi à quitter la cage, dit-elle, en indiquant du geste un sofa à ses nièces. Tu as pris là une assez grande responsabilité, Madeleine; y as-tu songé? »

Madeleine remua sur le sofa et répondit avec une pointe de maussaderie :

« Alberte ne faisait que me tourmenter, ma tante. Il me semble que je vous l'ai dit. Malgré ses plaintes, je ne pensais pas du tout à lui faire quitter le Sacré-Cœur; mais il y a quinze jours elle est devenue si pressante, que, sans avoir même le temps de vous consulter, je l'ai fait chercher.

— Parce que tu étais en grand deuil, remarqua Alberte, qui suivait mot à mot le récit de sa sœur.

— En très grand deuil, dit la duchesse, arrêtant par cette parole la réponse de Madeleine, qui eût été vive, si l'on en jugeait par la rougeur qui lui était soudainement montée aux joues. M. de Baillery était le frère consanguin de la marquise douairière de Valroux. Je sais que le deuil est sévère pour une femme de ton âge; mais le décorum doit toujours être gardé, et je n'ai point été surprise de ne pas te voir les premiers jours.

— Je vous le répète, ma tante, je n'ai pas un moment à moi. J'aurais voulu vous consulter pour Alberte que je ne l'aurais pas pu.

— J'ai été consultée. Mme la supérieure m'a écrit.

— Ah !

— Mais tout en la remerciant de cette déférence, tout en regrettant qu'Alberte

ne profitât pas plus longtemps des enseignements de femmes aussi distinguées, j'ai dû répondre que cela ne me regardait pas. »

En disant ces paroles, la duchesse passait les doigts dans le nuage d'argent formé par ses papillotes gauches, disposées à la Sévigné, et son visage s'empreignait de cette sorte d'expression satisfaite

qui est tout simplement l'expression d'un égoïsme élégant, mais profond et habituel.

Ayant suffisamment élargi sa papillote, elle changea le sujet de la conversation en demandant des nouvelles des autres membres jeunes de sa famille qu'elle voyait assez rarement, puis elle reparla du deuil, et une discussion s'engagea entre elle et Mme de Valroux sur l'époque précise où l'on pouvait arborer le demi-deuil en pareille circonstance.

Après beaucoup de pour et de contre, il fut arrêté que, sans manquer absolument aux convenances, la jeune marquise se trouvait autorisée à glisser un peu de blanc et de gris dans sa sombre toilette. Le violet était trop vieux pour elle, le lilas ne lui seyait pas; mais le gris perle était une nuance acceptable.

Cela entendu, la jeune femme se leva pour prendre congé. Lorsqu'elle eut reçu le froid baiser de sa tante, celle-ci fit un geste. Alberte s'éloigna de quelques pas et tourna sur elle-même. La duchesse suivait de l'œil tous ses mouvements et un sourire flottait sur ses lèvres pâlies.

« Elle sera grande, dit-elle en hochant lentement la tête, d'une belle taille, elle sera.... Mais adieu, petite, n'oublie pas le chemin de l'hôtel : j'en serais fâchée et M. Morin aussi. »

Sur ces paroles, elle fit un geste d'adieu plein de grâce et les deux sœurs sortirent.

Dans le salon voisin attendait, non pas le laquais en petite livrée, mais un vieillard en livrée correcte : culottes courtes, bas blancs, souliers à boucles, gilet orange, chapeau galonné. Cet homme, au visage parcheminé, à la physionomie discrète, à la démarche silencieuse, s'arrêta en voyant la porte s'ouvrir, et un sourire détendit ses lèvres. C'était le maître d'hôtel, le factotum de la duchesse, le vieux Morin, qui allait porter à Alberte les compliments de sa grand'tante et un sac de chocolat praliné.

En l'apercevant, Alberte courut vers lui, et avant même qu'il eût pu se douter de ses intentions, passa les deux bras autour de son long cou, incliné comme pour un perpétuel salut.

Le vieillard posa respectueusement les os bien rasés de son énorme menton sur le front satiné de l'enfant, et recula pour saluer dans toutes les règles la marquise de Valroux, qui ne comprenait rien à l'élan de sa sœur.

Elle avait beaucoup connu Morin, elle l'avait toujours vu dévoué, complaisant; mais qu'il lui vînt à l'idée de l'embrasser, jamais.

Aussi, quand elle se retrouva en voiture avec Alberte, se mit-elle à la gourmander sur ses manières familières avec le vieux maître d'hôtel.

Alberte aurait pu lui répondre que, depuis qu'elle se connaissait, elle avait trouvé en ce vieux serviteur l'affection la plus dévouée et la plus délicate, qu'il lui consacrait, au détriment de sa propre famille, ces heures de parloir pour lesquelles sa parente n'avait jamais l'idée de se déranger, qu'elle avait le cœur trop bien fait pour se montrer ingrate.

Elle n'entra pas dans toutes ces considérations et répondit simplement, avec sa franchise ordinaire :

« J'aime beaucoup Morin, il a toujours été très bon pour moi, et puisqu'il n'est pas pauvre, que je ne puis pas lui donner des souliers, des chapeaux, de l'argent, je l'embrasse pour le remercier. »

Et changeant soudain de conversation :

« J'aime aussi beaucoup l'hôtel de ma tante, il ne change jamais.

— Oh! certes, c'est la plus monotone des demeures. Ce salon, réputé superbe, ne contient pas une jolie chose.

— Oh! » s'écria Alberte; puis se ravisant :

« Tu as peut-être raison, dit-elle; chez ma tante rien n'est joli; mais c'est plus que joli, c'est... oui, c'est très beau. »

Madeleine la regarda de cet air singulier qu'elle avait déjà pris.

« Tu trouves? dit-elle; tant mieux. »

Et se blottissant dans le fond du landau, elle se mit à combiner, mathématiquement en quelque sorte, ce qu'elle ferait entrer de gris et de blanc dans la toilette de demi-deuil qu'elle inaugurerait le lendemain.

IV

La petite duchesse s'exaspère.

QUAND le landau entra dans la cour de l'hôtel, il commençait à faire sombre. M. de Valroux, qui fumait au balcon, vint à la rencontre des promeneuses, pour leur demander de se hâter dans leurs arrangements de toilette, l'heure du dîner étant passée.

« J'ai une nouvelle à vous annoncer, dit-il à sa femme; mais, pour vous punir de votre inexactitude, je ne la dirai qu'à table. »

Et, pour échapper à ses sollicitations, il disparut.

Madeleine, aiguillonnée par la curiosité, changea à la hâte sa toilette de ville et s'empressa de descendre.

Mais son mari était en veine de taquinerie et il se fit un jeu d'exciter sa curiosité jusqu'au dessert. Le dessert servi, il leva son verre de cristal, où étincelait un liquide vermeil, et dit :

« Je bois à la santé de Maurice de Fresnel et de sa femme, qui viennent passer la soirée avec nous.

— Ginevra! s'écria Mme de Valroux ; Ginevra serait à Paris ?

— Depuis hier.

— Médéric, vous plaisantez : elle était partie pour Naples.

— Oui, mais la fièvre y sévit, son frère est nommé attaché d'ambassade à Paris, elle y revient.

— Quel bonheur ! » s'écria Mme de Valroux.

Alberte, qui avait écouté la conversation avec la curiosité enfantine, naturelle à son âge, crut le moment venu de demander des explications. Madeleine lui dit que Mme de Fresnel était une Écossaise charmante, oh ! trois fois charmante, qu'elle avait rencontrée à Nice l'année de son mariage, avec laquelle elle s'était liée très intimement, et qu'elle n'espérait plus revoir. Elle la dépeignit comme un type de la plus pure beauté anglaise, blanche et rêveuse à enthousiasmer, et ne cessa d'en parler jusqu'à l'heure tant désirée des visites du soir.

En l'honneur de son arrivée, elle passa le salon en revue, fit placer des fleurs fraîches, et se mira beaucoup dans les hautes glaces, en exprimant ses regrets d'être habillée des pieds à la tête de cet affreux noir. Enfin, elle parla tant de son amie anglaise, qu'Alberte conçut un désir très vif de voir cette merveille.

Aussi fut-elle singulièrement contrariée lorsqu'elle crut s'apercevoir que l'on complotait de la bannir du salon, précisément ce soir-là. Ne sachant comment employer les loisirs de l'attente, elle s'était mise à déplacer et à ranger à sa fantaisie les pièces d'ivoire d'un magnifique échiquier ouvert sur un meuble.

M. et Mme de Valroux, la croyant très occupée de son jeu, causaient à voix basse.

« Raoul vient ce soir, disait M. de Valroux, si l'on envoyait coucher Alberte ? Tu sais qu'elle glace sa verve et qu'il devient, lorsqu'elle est là, ennuyeux comme la pluie.

— C'est tout simple, une enfant est toujours gênante, surtout une enfant curieuse comme Alberte. Elle ne peut rester ce soir au salon. »

L'éléphant dont Alberte considérait la trompe recourbée échappa à ses doigts ; mais elle n'eut garde de se détourner.

« D'ailleurs, j'y ai pensé tout aujourd'hui, reprit Mme de Valroux. Il n'y aura plus moyen de la garder le soir. Ginevra nous viendra très souvent, Alberte gênerait nos conversations intimes. Elle est très gênante. »

Cette fois ce fut le fou qui roula sur le plateau de laque.

« Alberte, as-tu juré de casser ce soir les pièces de ce précieux échiquier ? dit M. de Valroux en élevant la voix.

— Elle a sans doute envie de dormir, ajouta Madeleine. Médéric, sonnez donc la femme de chambre. »

M. de Valroux marcha vers la cheminée ; mais, au moment où il allait saisir le gland de soie, la main d'Alberte se posa sur la sienne.

« Je n'ai pas sommeil du tout, et je ne veux pas remonter dans ma chambre », déclara-t-elle.

Il regarda sa femme d'un air d'indécision comique.

« Sonnez, dit-elle.

— Ne sonnez pas, Médéric ! cria Alberte avec colère, je ne monterai pas. »

M. de Valroux regarda alternativement le visage enflammé d'Alberte et la figure contrariée de sa femme.

« Hé ! l'enfant s'émancipe, dit-il.

— Parce qu'on lui cède toujours, répondit Mme de Valroux ; ce soir je ne lui céderai pas. »

Et s'adressant à Alberte, elle ajouta d'une voix impérieuse :

« Voilà deux jours que tu me fais des scènes ; j'ai eu la faiblesse de te laisser passer la soirée au salon, ce qui a fait fuir tous nos amis ; c'est fini, désormais tu remonteras après le dîner.

— Et si je ne le veux pas ? dit Alberte. Je sais bien pourquoi M. Raoul n'aime pas que je sois là : il craint que je ne répète ses bêtises.

— Oh! ceci devient insupportable; sonnez donc, Médéric!

— Ne sonnez pas! Je remonterai demain; mais pas ce soir : ce soir, je veux voir l'Anglaise.

— Tu ne la verras pas.

— Je la verrai. »

Mme de Valroux s'élança vers la sonnette et l'agita violemment.

La marquise chercha Alberte des yeux et dit gracieusement :

« Le bougeoir de Mademoiselle. »

Alberte comprit qu'elle était définitivement congédiée et se décida à se montrer.

« Ma sœur », dit Mme de Valroux, quand elle s'inclina devant son amie.

Mme de Fresnel tendit la main à Alberte,

Il leva son verre.

Alberte voulut protester; mais la porte s'ouvrit tout à coup et un domestique annonça :

« M. le comte et Mme la comtesse de Fresnel. »

Une jeune femme blonde, jolie comme on sait l'être en Angleterre jusqu'à vingt-cinq ans, s'avança souriante, et ce fut un échange de saluts, de serrements de mains, de phrases mélodieuses et de sourires sans fin.

Alberte, à demi cachée derrière un fauteuil, ne quittait pas des yeux les deux jeunes femmes, qui venaient de s'asseoir, côte à côte, sur le canapé.

Tout à coup la porte s'ouvrit devant Céline.

qui la serra timidement, puis s'en alla d'un air concentré.

Dans l'antichambre, Céline prit un bougeoir de cuivre ciselé et se dirigea vers l'escalier.

« Je monterai bien toute seule », dit Alberte.

Et, lui prenant le bougeoir des mains, elle regagna rapidement sa chambre.

Ah! qu'elle lui parut triste, maussade, ennuyeuse, cette ravissante chambre blanche.

N'était-elle pas devenue une prison?

On l'avait exilée du salon, de ce lieu plein de lumière, de fleurs et de gens aimables qui lui prodiguaient mille petites

flatteries délicates. On l'avait renvoyée.
C'était une enfant, une pensionnaire. Oh!
comme elle en voulait à Médéric et à
Madeleine, à Madeleine surtout, pour
laquelle elle avait été une poupée si com-
plaisante. Irritée comme elle l'était, elle
ne songea pas à se coucher, elle voulait
désobéir au moins en quelque chose.

Après avoir tourné et retourné dans sa
chambre comme un moineau franc dans sa
cage, elle eut l'idée d'ouvrir ses persiennes, afin de se donner un spectacle
quelconque. Elle les ouvrit à grand'peine
et, fermant la fenêtre, se mit à regarder
mélancoliquement le paysage estampé en
noir et quelque peu fantastique que pré-
sentent les Champs-Élysées, la nuit.

Sur les allées sombres, les voitures
entre-croisaient leurs lanternes allumées
qui produisaient l'effet de lucioles gigan-
tesques.

Les piétons ressemblaient à des ombres
chinoises, et les chevaux semblaient
traîner des corbillards.

Le spectacle était triste et parut très
monotone à Alberte. Toujours tourmentée
par le mauvais esprit, elle alla, sachant
bien qu'elle désobéissait gravement, chercher un livre dans la chambre de sa sœur,
puis elle s'installa auprès de la fenêtre,
plaça le bougeoir sur l'appui et se dit
qu'elle resterait là jusqu'au départ des
visiteurs, et que Madeleine la trouverait
debout et lisant. C'était ainsi qu'elle se
vengerait.

L'imprudente n'avait oublié qu'une
chose : c'était de bien fermer la porte de
l'appartement voisin. Un léger courant
d'air vint agiter les rideaux transparents
sans qu'elle y fît attention. Tout à coup

l'un d'eux, effleurant la flamme de la bougie,
prit feu.

Alberte effrayée jeta son livre et, se
voyant entourée de flammes, s'enfuit en
criant. Maîtres et domestiques accouru-
rent.

Les rideaux de mousseline étaient déjà
détruits, les rideaux et le lambrequin de
reps bleu flambaient.

Ce n'était rien encore, et les élégants
visiteurs se firent un jeu d'éteindre eux-
mêmes ce commencement d'incendie.

De leurs mains gantées ils se saisirent
des seaux, des brocs pleins d'eau qu'ap-
portaient les domestiques effarés, et les
lancèrent sur les rideaux, qui se déta-
chèrent et tombèrent en loques noircies.
On les enleva et bientôt il ne resta d'autres
traces de l'accident que des lambris fortement noircis, un parquet sali et une odeur
de soie brûlée.

Le feu étant éteint, les persiennes fer-
mées, personne ne s'occupa d'Alberte ni
de ses émotions poignantes, et bientôt elle
se retrouva avec Céline dans sa petite
chambre souillée.

Céline avait l'air de fort mauvaise
humeur.

« Mademoiselle compte-t-elle rester là
toute la nuit? demanda-t-elle à la pauvre
Alberte, qui suivait mélancoliquement des
yeux les arabesques capricieuses que les
flammes avaient dessinées jusque sur le
plafond.

— Descendez, Céline, si vous le voulez,
répondit-elle.

— Je le voudrais bien : il y a toute une
réunion ce soir à l'office, et on m'en voudra d'y manquer. Mais Madame, qui a une
peur bleue du feu, m'a défendu de vous
quitter avant d'avoir éteint la lumière. »

Alberte comprit qu'elle était gardée à
vue et, ne voulant pas augmenter le
mécontentement de la femme de chambre,
elle marcha docilement vers son lit.

Avant de se déshabiller, elle se mit à
genoux et murmura avec une ferveur
inaccoutumée la prière qu'elle avait bien
souvent omise.

V

La fin d'un caprice.

LORSQUE Alberte se réveilla le lendemain matin, la scène de la veille se présenta tout d'abord à son esprit. Elle se promit, en contemplant les traces de son imprudence, d'être très aimable ce jour-là, et en ces bonnes dispositions elle attendit la visite matinale de sa sœur. Mais sa sœur ne vint pas, et lorsque, fatiguée de l'attendre, elle alla frapper timidement à sa porte, ce fut Mme Louis qui lui répondit. Mme la marquise était sortie à dix heures pour se rendre chez Mme de Fresnel. Elle n'arriva que pour le déjeuner de midi et ne remarqua ni la physionomie empreinte de repentance d'Alberte, ni son empressement à lui rendre les mille petits services ordinaires.

Elle n'était occupée que de Ginevra. Ginevra était ravissante, elle visiterait tout Paris avec Ginevra; ses voitures, ses loges étaient à la disposition de Ginevra, et elle n'aurait pas un instant de repos jusqu'à ce qu'elle eût décidé M. de Fresnel à venir habiter les Champs-Élysées. Sa visite matinale avait été dirigée dans ce but, et elle se flattait d'avoir remporté une première victoire. Son mari lui donnait la réplique, non sans plaisanter un peu sur son nouvel engouement; mais il était lié intimement avec M. de Fresnel et n'était pas fâché des dispositions amicales de sa femme.

Après le déjeuner, Mme de Valroux revêtit la toilette noire nuancée de blanc et de gris qui inaugurait son demi-deuil, et donna l'ordre d'atteler le landau

« Nous sortons? dit Alberte avec joie.

— Je sors, certainement, je vais chercher Ginevra, » répondit Mme de Valroux d'un ton léger.

Et elle ajouta en boutonnant son dernier gant :

« Tu n'es plus assez sage pour que je te promène ainsi, et d'ailleurs tu auras à surveiller ton déménagement.

— Je déménage?

— Certainement; ne faut-il pas faire réparer le cabinet de toilette où tu as mis le feu?

— Mais après?

— Après, tu resteras au second. Je ne pourrais plus dormir avec une voisine de ton genre. J'ai eu d'affreux cauchemars cette nuit. Je m'étais gênée pour te donner cet appartement; mais tu fais sottises sur sottises, j'en suis bien fâchée. Nous n'avons pas envie de voir brûler l'hôtel, et Médéric est d'avis de te mettre tout à fait sous la gouverne de Mme Louis, en attendant mieux. »

Là-dessus, la jeune marquise saisit sa traîne et descendit dans la cour. Alberte, le front appuyé sur les vitres, la vit monter en voiture et partir, sans même se détourner pour échanger un regard d'adieu avec elle. En ce moment entra Mme Louis, qui venait l'avertir que son déménagement commençait. Alberte, refoulant ses larmes de dépit, la suivit au second étage où se trouvait sa nouvelle chambre, un étroit appartement qui ne s'éclairait que par un jour de souffrance ouvert dans le pignon, et qui avait été meublé à la hâte et tout à fait sans goût.

Trop fière pour laisser paraître son affliction devant les gens de service, la petite fille s'occupa de quelques rangements et feignit d'approuver tout ce qui avait été fait; mais, sitôt qu'elle se trouva seule, son chagrin éclata et, se jetant sur un fauteuil, elle se mit à sangloter. L'indifférence de sa sœur l'avait atteinte en plein cœur et tous ses beaux châteaux en Espagne croulaient à la fois. Tout à coup elle releva la tête et dit : « Je retournerai au Sacré-Cœur ».

Mais, à ce seul nom, le démon de l'amour-propre et celui de l'indiscipline lui soufflèrent mille fausses raisons contre ce sage projet.

Elle avait témoigné tant de joie d'en sortir, toutes les élèves se moqueraient d'elle. N'était-ce pas déchoir que de remplacer les jolies toilettes inventées par

Madeleine, par le vilain uniforme bleu? Ennui pour ennui, n'était-elle pas encore moins malheureuse dans cet hôtel où personne ne gênait ses mouvements, que dans cet établissement où il fallait subir et même aimer une discipline inflexible, dont son esprit volontaire n'avait pas compris la grandeur? Elle passa le reste de l'après-midi en ces larmes stériles et ces luttes intérieures.

moindre résistance devant l'éblouissante Anglaise. Elle monta à sa petite chambre; mais, en y entrant, elle ne put retenir de nouveau ses larmes. Céline prit un air de grande compassion, et se rapprochant d'elle :

« Personne ne comprend pourquoi Madame traite ainsi Mademoiselle comme une petite fille », dit-elle d'une voix perfide.

Je vais chercher Ginevra.

Un peu avant l'heure du dîner, elle se mouilla le visage avec de l'eau fraîche et descendit dans la salle de billard. M. de Valroux accourut, entendant rouler les billes. Une partie s'engagea entre eux et, grâce à cet exercice, Alberte put faire assez bonne figure à table devant Mme de Fresnel que Mme de Valroux avait ramenée.

Au moment de repasser dans le salon, la marquise regarda alternativement sa sœur et Céline qui traversait la salle à manger. Celle-ci, lisant dans les yeux de sa maîtresse l'ordre qu'elle lui donnait, sortit et se représenta, le petit bougeoir de cuivre ciselé à la main. Alberte comprit qu'elle était définitivement exilée du salon, des soirées, et ne songea pas à faire la

Alberte cacha son visage dans ses mains.

« Il n'est pas possible que Mademoiselle reste ainsi toute seule pendant que Madame s'amuse, reprit la voix tentatrice, et si j'étais Mademoiselle, je sais bien ce que je ferais.

— Quoi, Céline?

— Je jouerais aussi des petits tours à Madame, qui est si capricieuse; et puisqu'elle me renvoie du salon, j'irais là où l'on s'amuse autant qu'au salon. »

Et, voyant qu'Alberte ne saisissait pas bien sa pensée :

« Ce soir, je ne dirai pas à Mademoiselle de venir voir comme nous passons gaiement le temps, car il y a gens de toute livrée; mais demain, Madame va au théâtre et nous serons entre nous. Mme Louis donne un punch et le groom chante une très jolie charge. Nous serions bien honorés si Mademoiselle voulait venir un instant; cela la distrairait et personne n'en saurait rien. Nous voyons bien que Mademoiselle est traitée comme

un bébé et nous n'irions pas la trahir. Mademoiselle veut-elle que....

— Que vous vous taisiez, Céline; j'ai mal à la tête, je ne veux pas entendre parler. »

La camériste se le tint pour dit et déshabilla la petite fille en silence. Puis elle lui souhaita le bonsoir et la quitta. Sur le palier elle se rencontra avec le valet de pied.

« Eugène, dit-elle d'un air radieux, nous pourrons nous donner des punchs et des gâteaux à bon marché; la petite duchesse viendra sans doute à nos soirées, et, ma foi! si c'est découvert, tout retombera sur elle. »

VI

L'ennemi domestique.

DE notre temps on a pris plaisir à abaisser une chose parfaitement respectée et parfaitement respectable; je parle de la classe des personnes qui nous servent : la domesticité.

On a imaginé de transformer en ennemis, en adversaires, ces gens qui habitent sous notre toit, qui vivent de notre vie, qui connaissent nos habitudes intimes, qui pénètrent bon gré mal gré les petits mystères de notre intérieur. Quelle folie !

Qu'y avait-il donc de plus digne d'estime qu'un domestique fidèle, qu'une servante dévouée jusqu'à la mort à ceux dont elle partageait l'existence? A quoi sert-il de gâter cette profession dont le dévouement fait la véritable dignité? pourquoi la rabaisser, l'avilir?

Si cette forme du dévouement s'accorde mal, hélas! avec les excès de l'orgueil moderne, il est permis de regretter que tant d'êtres dédaignent l'humble bonheur et la sécurité attachés au service de gens honorables, uniquement pour se rassasier d'une fausse et misérable indépendance.

Mais si l'on aime les domestiques fidèles, probes, dévoués, rien n'est haïssable comme la domesticité dépravée que l'on voit fleurir dans les grandes villes et parfois, hélas! dans les grandes maisons. Depuis la cuisinière qui fait danser l'anse du panier d'un ménage honorable, mais modeste, jusqu'au cordon bleu qui conclut des traités avec les fournisseurs de ses maîtres; depuis la petite bonne qui brutalise et qui néglige le pauvre enfant qui lui est confié, jusqu'à la camériste qui essaie en cachette les riches toilettes de sa maîtresse et au valet qui boit les vins fins de son maître, je les trouve absolument mauvais. Il n'y a pas de pire danger pour les enfants que d'approcher de ces êtres orgueilleux et rampants, traîtres et flatteurs, qui semblent prendre à tâche d'avilir leur honnête profession par un manque absolu de conscience; et notre petite duchesse devait en faire l'expérience. Jamais on n'eût songé à la prémunir contre un péril de ce genre : sa dignité naturelle l'éloignait des familiarités déplacées et l'on pouvait penser que chez sa sœur elle n'y serait pas exposée. Mais la sagesse des nations l'a dit : Tel maître, tel valet. La jeune marquise était frivole, ses femmes de service étaient légères; elle dédaignait de surveiller ses gens, ils vivaient à leur guise et élevaient à force d'adresse une véritable barrière entre le salon et l'office, où ils régnaient en maîtres. Lorsqu'une maîtresse de maison ne se considère pas comme ayant charge d'âmes, les âmes lui échappent et elle n'est plus entourée de serviteurs, mais de créatures à gages qui la trompent, la volent et la compromettent.

Bien qu'elle n'eût pas la plus légère compréhension de ces choses, la petite duchesse éprouva cependant tout un trouble de conscience lorsque le lendemain soir

« Descendre ! répéta-t-elle ; pensez-vous donc que je vais aller à l'office, Céline ?

— Mademoiselle aime-t-elle mieux que nous montions dans la salle à manger ? répondit obséquieusement la femme de chambre.

— J'aime mieux cela certainement. »

Céline dissimula une expression de joie triomphante et s'élança dans le corridor.

Elle a donné dans le panneau.

Céline lui dit : « La voiture est revenue, Mademoiselle veut-elle descendre ? »

Ce mot descendre fit machinalement rougir l'enfant. Elle sentait instinctivement que si l'on ne descend jamais en s'inclinant vers ses inférieurs pour leur faire un bien quelconque, en les servant même selon le commandement évangélique, on descend en se mêlant sans raison et sans motif raisonnable à leurs plaisirs.

Elle avait dansé une fois et de tout son cœur à la noce du jeune fermier de Valroux, elle s'était souvent mêlée aux jeux des enfants pauvres de l'école du village, mais elle se trouvait alors sous l'égide paternelle, elle ne se mêlait pas, par désobéissance, à des inconnus.

Mme Louis s'y trouvait en sentinelle.

« Eh bien ? demanda-t-elle.

— Eh bien, elle a donné dans le panneau. Que tout le monde monte dans la salle à manger, bien vite. »

Et revenant près d'Alberte, elle attendit patiemment qu'il lui plût de la suivre.

Alberte n'était dépourvue ni d'esprit, ni de tact, et ce n'était pas sans combat qu'elle manquait ainsi aux plus simples convenances. Mais la jalousie la mordait au cœur, l'ennui la disposait à la désobéissance, et lorsqu'elle entendit les rires étouffés qui partaient de la salle à manger, elle se dit que, puisqu'on la délaissait ainsi, il fallait bien qu'elle prît les distractions qu'elle avait à sa portée. Faisant taire tout scrupule, elle descendit.

Au bas de l'escalier elle s'arrêta. La porte de la salle à manger était ouverte à deux battants et elle pouvait voir le chef, Mme Louis et le valet de pied qui s'amusaient à singer les belles manières, se saluaient jusqu'à terre et faisaient la bouche

en cœur. A cette vue sa délicatesse s'effaroucha, elle comprit la gravité de sa faute, et se détournant vivement, elle remonta l'escalier, au haut duquel elle trouva Céline.

« Mademoiselle a oublié quelque chose?
— Non, Céline; j'ai seulement pensé qu'il était très mal de donner des permissions sans en parler à mon beau-frère et à ma sœur, et je vais me coucher. Descendez quand même, je n'ai pas du tout besoin de vous. »

Et, prenant le bougeoir des mains de Céline stupéfaite, elle regagna majestueusement son appartement.

VII

Où l'étude est la bienvenue.

CÉLINE, qui avait fondé toute une petite machination sur les imprudentes complaisances d'Alberte, ne se tint pas pour battue et continua à l'entretenir en secret de ses passe-temps et à mettre le plus possible en relief l'abandon de sa sœur.

Plus d'une fois Alberte se sentit tentée de tout dire à Madeleine; mais Madeleine lui témoignait une telle indifférence, que la confidence se glaçait en quelque sorte sur ses lèvres. Une fois cependant Mme de Valroux se trouva pour ainsi dire en face d'une révélation.

Elle rencontra Alberte débouchant de l'escalier de service.

« D'où viens-tu? lui demanda-t-elle.
— Des cuisines », répondit Alberte tout interdite.

Mme de Valroux aurait pu d'un mot, d'une interrogation, lui arracher la vérité; elle se contenta de hausser les épaules et s'éloigna en disant :

« Tu as des goûts distingués, je t'en fais mon compliment. »

Cette phrase n'avait pour Alberte aucune portée. Comme elle s'amusait beaucoup du patois provençal parlé par le chef, elle descendait uniquement pour lui entendre répéter quelque tirade assaisonnée de *té !* énergiques, et cela lui paraissait tout à fait inoffensif.

La maladresse de sa sœur ne servit qu'à apaiser les reproches qu'elle se faisait *in petto*, et elle laissa Céline arrêter devant elle les délassements de la prochaine soirée, ce qui était très grave. Elle autorisait positivement par sa présence le gaspillage qu'elle ignorait, et la répétition d'un acte répréhensible est à elle seule une aggravation dans le mal. A peine son consentement fut-il accordé, qu'elle s'en repentit de nouveau.

Le jour venu, elle fit tout le possible pour sortir elle-même ce soir-là. Elle alla jusqu'à demander d'être conduite chez sa tante de la Rochefaucon; mais Médéric et Madeleine se récrièrent, en disant d'abord que les petites filles n'allaient jamais passer ainsi la soirée chez les gens, ensuite que les portes de l'hôtel de la Rochefaucon se fermaient invariablement à neuf heures. Sur ces entrefaites arriva la blonde Mme de Fresnel qui, par une coïncidence singulière, venait se plaindre de l'improbité d'un domestique.

« A Paris les gens de service sont horribles, dit-elle, on ne peut avoir confiance en eux. Aussi je comprends très bien que ma tante Lucy se donne la peine d'accompagner mes sœurs aux courses, à la promenade, partout, tant que nous serons à Paris. Est-ce que vous êtes contente des vôtres, Madeleine?

—Oh! enchantée, chère; ils sont parfaits.

— Parfaits, appuya Médéric. Le chef aime bien un peu la bouteille, le groom est un peu gai, mais les femmes sont irréprochables. »

sachant que penser de la crédulité de son beau-frère et de sa sœur, elle quitta le salon avant la fin de la visite et descendit l'escalier de service. Au premier palier, elle s'arrêta. A travers la porte fermée elle entendit des éclats de voix et des éclats de rire suivis de grossières injures que se renvoyaient une grosse voix d'homme et une voix perçante de femme.

Le chef et le groom étaient des perfections.

Madeleine trouva que son mari était trop sévère pour le chef et pour le groom et établit qu'ils étaient tous des perfections, et qu'il n'y avait jamais le moindre tapage, ni la moindre indélicatesse dans la maison.

Alberte écoutait tout abasourdie. Depuis ses tournées souterraines elle avait pu juger que la paix n'était pas aussi complète qu'on voulait bien le dire, et Céline ne lui avait pas caché que, tout en s'arrangeant fort bien, on se disputait souvent.

Rendue toute rêveuse par les paroles de Mme de Fresnel se rapportant à ses sœurs qui n'étaient jamais mises en rapport avec les domestiques, et ne

Tout à coup la porte s'ouvrit devant le petit groom que poursuivait le chef, coiffé d'un superbe moule à pâté et brandissant une broche. Alberte se dissimula dans la pénombre.

« Ah! le chenapan! il a disparu, cria le gros cuisinier en portant ses deux mains à sa tête; la première fois qu'il me joue de pareils tours, je l'assomme.

— Quel bruit pour un enfantillage! répondit Céline les poings sur la hanche.

— Un enfantillage, venir m'enfoncer mes moules sur la tête quand je pique mes volailles. Ne le défendez pas, mademoiselle Céline, car je penserais que vous ne valez pas mieux que lui.

— Je le défendrai, cria Céline; est-ce

que cet enfant est fait pour supporter vos brutalités ? »

Le chef, furieux, marcha vers elle, ils se mirent les points sous le nez, ils se dirent d'effroyables injures. Alberte crut même voir tourbillonner la broche, et les ongles de Céline s'enfoncer dans les épaules du chef. Saisie de répulsion,

d'effroi, elle remonta quatre à quatre et s'en alla frapper à la porte de Madeleine dans l'intention de lui tout avouer. Mais Madeleine lui défendit d'entrer, sous prétexte qu'elle avait la migraine et qu'elle voulait dormir afin de se reposer avant le bal. Alberte, repoussée de nouveau, rentra chez elle et n'en descendit qu'à l'heure du dîner.

Elle retrouva M. et Mme de Fresnel. Ils étaient venus avertir que la désorganisation de leur maison les empêcherait de se rendre au bal ainsi qu'ils en avaient le projet. On les retint à dîner et Alberte, assise auprès de la jeune femme, lui reparla de ses petites sœurs. Elle apprit qu'elles étaient jumelles, qu'elles s'appelaient Sarah et Georgine. S'enhardissant peu à peu, elle ajouta qu'elle serait bien heureuse d'aller au cours avec elles, Mme de Fresnel, que l'air très sérieux d'Alberte amusait, lui proposa de parler d'elle à sa tante. Madeleine consultée répondit négligemment qu'elle avait d'autres projets pour Alberte, mais que si cela l'amusait d'aller au cours suivi par les petites Addington, elle ne songerait pas à s'y opposer. Alberte ravie s'anima, se montra aimable, intelligente, et après le départ de Mme de Fresnel, elle réclama le privilège d'assister à la toilette de sa sœur, ce que celle-ci daigna permettre.

Elle se montra d'une rare obligeance pendant cette opération longue, délicate et difficile, et remplit patiemment le rôle de porte-miroir.

Quand Madeleine partit, elle remonta dans sa petite chambre, fit sa prière et se coucha. Et lorsque Céline arriva la chercher, elle lui dit très gravement du fond de son oreiller :

« Je n'ai pas voulu vous refuser l'autre jour, Céline, parce que je m'ennuyais beaucoup, mais il ne serait pas convenable de recommencer à vous donner des permissions ; aussi je ne recommencerai pas. »

VIII

L'imprévu.

ALBERTE est arrachée à son ennuyeuse solitude. Mme de Fresnel a pris sa demande au sérieux, elle l'a présentée chez sa mère Mme Addington, et Madeleine, qui est toujours sous le charme, consent à tout ce que désire Ginevra.

Chose étrange ! Alberte, qui s'imaginait que l'oisiveté était la plus douce des choses, sent tout à coup s'éveiller en elle la passion du travail, et lorsque Madeleine, par un de ces inexplicables caprices qui rendent sa société peu agréable, remplace l'étude par une visite ou par une promenade, sa sœur a bien envie de murmurer. C'est qu'Alberte a une intelligence susceptible de développement, un esprit qui veut s'élever, s'éclairer, et qui ne saurait s'attacher tout entier aux choses absolument futiles. Elle s'est liée très intimement avec les deux jumelles, et c'est avec bonheur qu'elle prend trois fois par semaine le chemin de la rue de Rennes, où se tient le cours choisi par Mme Addington.

Les trois petites filles sont généralement chaperonnées par la tante Lucy, qui est une Anglaise de la vieille roche, cœur dévoué et intrépide marcheuse. Elle est très forte en géographie, tante Lucy, car elle a parcouru les cinq parties du monde.

Aux premiers jours du printemps, elle recommencera ses pérégrinations, seule ou en caravane, et suivant rigoureusement l'itinéraire qu'elle s'est fixé. Même à Paris, elle conserve dans sa toilette quelque chose de l'arpenteuse britannique. Ses paletots ont une coupe masculine, ses jupons ne couvrent jamais ses pieds fins, et à sa ceinture solidement bouclée pend toujours quelque petit objet retentissant. Quant à son chapeau, il est de feutre en hiver, de paille en été, mais toujours rond, étroit de bord, et enveloppé d'une gaze solide qui, au besoin, s'enroule autour du cou en guise de cravate. Miss Lucy parle peu; mais quand elle parle, les petites filles sont suspendues à ses lèvres : elle a tant vu, que sa conversation est toujours intéressante.

Alberte commence à se retrouver très heureuse, elle a l'esprit occupé par l'étude, et le cœur pris par ses petites amies Addington.

Elle se place si naturellement entre elles comme un trait d'union, qu'elle s'imagine les avoir toujours connues. Si seulement Madeleine était plus aimable, elle trouverait sa vie la plus charmante du monde. Mais Madeleine s'ennuie malgré Ginevra, malgré l'élément mondain que les convenances lui permettent. Dans le monde, elle ne s'ennuie jamais; avec Ginevra non plus; mais, chez elle, c'est une autre affaire. Son pauvre esprit surmené et son pauvre cœur vide retombent si pesamment sur eux-mêmes, que son mari est contraint de s'enfuir au Cercle pour ne pas voir ce visage boudeur et fatigué. Les veilles trop fréquentes donnent à la jeune femme une agitation fébrile, qui devient facilement douloureuse. En ce moment, elle imagine de se plaindre beaucoup de Paris; elle y est venue trop tôt, il n'y a personne; ce deuil a gâté son année; si Ginevra partait, elle ne saurait que devenir.

Tout à coup, du jour au lendemain, elle

sort de cet état de langueur et de maussaderie, elle devient toute animée, toute aimable. Elle ne se sépare plus de son mari, elle caresse Alberte, elle fait de la musique, elle chante, elle ne contredit plus personne.

Un matin, M. de Valroux ayant dit qu'il ne peut remettre d'aller passer la journée à Valroux, où son régisseur l'attend, elle lui propose de l'accompagner, ce qu'il refuse généreusement. Elle insiste tellement, qu'il finit par consentir.

« Et Alberte? que ferons-nous d'Alberte? demande M. de Valroux.

— Je veux bien aller avec vous, s'écrie la petite fille.

— Non, ce serait trop triste, dit Mme de Valroux; le mieux serait de t'envoyer passer deux jours chez ma tante de la Rochefaucon.

— Deux jours, ce sera bien long.

— Je croyais que tu aimais l'hôtel?

— Oui, mais pas pour y demeurer.

— Songe donc, deux jours, ce n'est rien : n'en parlons plus, c'est entendu.

— Et mon cours? s'écria Alberte.

— Tu le reprendras.

— Et mes amies?

— Tu les reprendras également. Va leur écrire un mot, que je ferai jeter à la poste avec mon courrier. »

Alberte remonta chez elle tout attristée et écrivit une longue lettre à Georgine, qui était, d'une nuance, sa préférée. Elle allait par ordre passer deux jours chez sa tante, la sévère duchesse de la Rochefaucon; elle serait deux jours sans les voir, c'était affreux.

La lettre fut solennellement remise au domestique qui faisait l'office du courrier, et Alberte se coucha en désirant que ces deux jours passassent bien vite.

Le lendemain matin, comme elle n'avait pas le stimulant des leçons à apprendre et des devoirs à faire, elle ne songea même pas à consulter, pour son lever, la petite montre placée à la portée de ses yeux, et il était bien tard quand elle sortit de sa chambre.

ELLE SE JETA DANS LES BRAS DE SA SOEUR.

La maison lui parut d'une tranquillité inaccoutumée, et, lorsqu'elle frappa à la porte de sa sœur, personne ne répondit. Elle s'avança sur le palier et appela Céline.

Ce fut Mme Louis qui parut.

« Céline est partie pour le Valroux avec Mme la marquise, dit-elle?

— Partie? Madeleine est partie?

— Ce matin, à sept heures. Mademoiselle dormait encore, elle n'a pas voulu

cour silencieuse de l'hôtel de la rue de Lille, Mme Louis tira de dessous son châle une large enveloppe cachetée.

« C'est de Madeleine, dit Alberte en regardant l'écriture; elle est vraiment bien bonne de se donner la peine d'écrire encore une fois.

— Mme la marquise avait ses raisons », répondit Mme Louis en regardant complaisamment la missive.

Alberte sentit s'éveiller la passion du travail.

la réveiller... Mademoiselle est-elle prête? J'ai ordre de la conduire chez Mme de la Rochefaucon, aussitôt après son premier déjeuner.

— Je ne déjeunerai pas, je n'ai pas faim, dit Alberte; allons.

— Je puis faire avancer le fiacre?

— Si vous voulez. »

La petite duchesse, très étonnée et très fâchée de ce départ subit, alla mettre son chapeau. Puis elle descendit dans la cour, fort intriguée de la manière un peu narquoise dont les domestiques la regardaient de loin.

Mme Louis elle-même avait un air pincé et triomphant, souverainement déplaisant.

Lorsque le fiacre entra dans la grande

Comme elle prononçait ces paroles, le fiacre s'arrêta à la porte d'entrée. Elle était fermée, il fallut sonner. Elle s'ouvrit doucement, et la figure du vieux laquais qui se tenait en sentinelle dans l'antichambre se montra de trois quarts.

En entendant demander Mme la duchesse de la Rochefaucon, il hocha négativement la tête et dit :

« Mme la duchesse ne reçoit personne avant midi.

— Portez-lui cette lettre et nous verrons bien, dit Mme Louis avec importance.

— Mme la duchesse ne prendra connaissance d'aucune affaire à cette heure; l'appartement de Mme la duchesse ne s'ouvre que pour Mme Morin.

— Comment? vous n'avez pas reçu d'ordre pour Mlle de la Rochefaucon que voici? »

A ce nom, le laquais salua profondément Alberte et ouvrit la porte au large.

« J'ai reçu l'ordre de faire prévenir M. Morin lorsque Mlle de la Rochefaucon se présenterait.

— Je vais le prévenir moi-même, dit Alberte en franchissant le seuil.

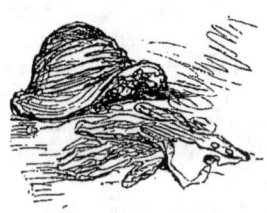

— Et la lettre? cria Mme Louis; au moins prenez la lettre, mademoiselle. Je n'ai pas le temps d'attendre qu'il plaise à Mme la duchesse d'ouvrir sa porte. Il n'y a pas de réponse d'ailleurs, puisque madame n'est pas à Paris. Il faut que je retourne faire vos caisses.

— Ma valise suffira, répondit Alberte en prenant des mains de la femme de chambre une mignonne valise en maroquin; j'y ai mis tout ce dont j'ai besoin pour deux jours. »

Et, sans remarquer le sourire ironique de Mme Louis, elle gravit légèrement le large escalier et sur le palier trouva son bon Morin.

Il s'empressa de lui prendre la petite valise des mains.

« Ma tante m'attend-elle, Morin? lui demanda Alberte.

— Mme la duchesse m'a dit plusieurs fois qu'elle ne comprenait pas bien le sens de la lettre que lui a écrite Mme la marquise de Valroux hier; mais que je devais faire préparer un déjeuner et un appartement pour mademoiselle.

— Ici, je déjeunerai bien, dit Alberte, que la seule vue du visage paisible du respectable maître d'hôtel avait un peu remise. Montrez-moi ma chambre, s'il vous plaît. »

Il la précéda dans un immense appartement au milieu duquel se voyait un lit à colonne torses au lambrequin de damas rouge.

« Quelle chambre! s'écria Alberte, je m'y perdrai. Il n'y a donc pas de petites chambres dans cet hôtel?

— Mme la duchesse a désigné la chambre rouge; elle ne souffrirait pas qu'une personne de sa famille allât loger au second étage.

— Pour une nuit, qu'importe? dit Alberte philosophiquement. M'apportez-vous à déjeuner ici?

— Le déjeuner de mademoiselle va lui être servi dans la salle à manger.

— C'est bien; je quitte mon chapeau et j'y vais. »

IX

Chez la duchesse.

Morin disparut et Alberte, levant les bras au ciel, s'écria en riant : « Oh! l'é...ti...quette! que cela est amusant, mon Dieu! »

Elle ôta son chapeau, ses gants, et, sortant de la chambre, essaya de s'orienter dans le vaste corridor.

« J'y suis », s'écria-t-elle tout à coup en poussant le lourd battant de chêne d'une porte sculptée.

Elle se trouvait, en effet, dans la vaste salle à manger où la duchesse de la Rochefaucon prenait ses repas afin de ne pas déroger à ses anciennes habitudes.

Deux grandes fenêtres qui donnaient sur le jardin éclairaient l'appartement. Il n'était pas le moins curieux de l'hôtel. Au-dessus de chacune des portes étaient peintes des scènes champêtres et mythologiques. Sur l'un des panneaux était sculpté, et de main de maître, tout l'attirail du chasseur; sur un autre se voyaient tous les engins de pêche alors connus; les rosaces des plafonds débordaient de fruits et de fleurs, une vigne chargée de raisin enguirlandait la corniche; tout rappelait de près ou de loin l'usage auquel l'immense salle était affectée.

Au bout de la solide table de chêne qui en occupait le milieu était placé le déjeuner d'Alberte. Elle but avec plaisir le chocolat parfumé qui brunissait une écuelle d'argent, et croqua deux petits pains que Morin lui offrait sur un plat de même métal.

Chez la duchesse de la Rochefaucon, qui n'avait jamais permis l'intrusion des compromis modernes, la vaisselle plate était d'un usage journalier.

Tout en buvant son chocolat à petites gorgées, Alberte causait avec Morin, qui l'écoutait avec un intérêt visible. Elle lui parla du Sacré-Cœur, de ses amies Addington, qu'elle amènerait un jour ou l'autre chez sa tante de la Rochefaucon, cette dernière n'ayant plus aucune connaissance parmi les petites filles de son âge.

Morin opinait du bonnet et la laissait parler tout à son aise.

Lorsqu'elle se leva de table, il tira de son gousset une grosse montre d'or et dit : « Madame la duchesse ne sera visible que dans une heure ; où mademoiselle désire-t-elle attendre ? »

Alberte tourna les yeux vers les fenêtres à petits carreaux, traversés par un pâle soleil d'hiver.

« Dans le jardin, dit-elle, il fait très beau. »

Morin s'inclina et descendit l'escalier devant elle. Arrivé dans le vestibule, il tourna à gauche, s'enfonça sous une arcade de pierre et alla tirer les verrous d'une porte bardée de fer. Puis, l'ouvrant toute grande :

« Mademoiselle peut courir partout, dit-il, excepté dans l'allée couverte qui se trouve au-dessous des fenêtres de madame la duchesse.

— Je la connais, je la connais », répondit Alberte, en s'élançant dans le vaste terrain découpé, taillé, planté, semé tout à fait à l'ancienne mode. Les allées larges et tirées au cordeau avaient conservé leurs bordures de buis ; les bancs de repos étaient

de pierre, certains arbres accusaient plusieurs siècles. Alberte trouva très commodes, pour courir, ces belles allées droites, et elle se mit à coordonner son projet d'amener Sarah et Georgine visiter l'hôtel. Que de jeux pouvaient s'organiser sur ces larges pelouses, et quel plaisir ce serait d'être maîtresse une après-midi de ce bel enclos !

Elle suivit les conseils de Morin et ne mit pas le pied dans l'allée couverte. De vieux noisetiers avaient si bien entrelacé leurs branches que, même sans feuillage, ils lui formaient une sorte de toiture légère sur laquelle les oiseaux aimaient à voleter en attendant qu'elle devint propre à recevoir leurs nids.

Deux ou trois statues mythologiques couvertes de moisissures, des bustes encastrés dans le grand mur du fond, donnaient un semblant de vie au jardin. Alberte, en passant, reconnut la tête puissante, ombragée d'une large perruque, d'un la Rochefaucon qui avait honoré la magistrature française sous Louis XIII et elle lui fit une grande révérence ; mais elle s'arrêta de préférence aux pieds d'une assez jolie statue de Pomone chargée depuis plus d'un siècle de sa corbeille de fruits. Remarquant que sa coiffure formée de grappes de raisins était devenue incomplète, elle imagina de la couronner de lierre. Le lierre, ce fidèle ami des ruines, ce charitable compagnon de l'hiver, ne manquait pas dans le jardin. Presque tous les murs en étaient tapissés et les vieux arbres en portaient une épaisse tunique.

Elle entrelaça quelques branches et, montant sur le large banc de pierre, couronna Pomone d'un vert diadème. Comme elle sautait dans l'allée pour voir l'effet de la parure, Morin y apparut.

Madame la duchesse demandait mademoiselle.

Alberte, qui commençait à trouver le temps long, le suivit avec joie. En traversant le vestibule du rez-de-chaussée, elle aperçut une caisse placée contre le mur.

Elle se détourna plusieurs fois pour la

considérer et, bondissant tout à coup en avant :

« Mademoiselle de la Rochefaucon! s'écria-t-elle; c'est bien ma caisse; Mme Louis est-elle assez ennuyeuse de l'avoir fait porter ici. »

Morin regarda Alberte, la caisse, lui sourit, mais ne prononça pas une parole, et reprit son ascension.

détail nouveau. Elle embrassa Alberte tout à fait de la même façon, avec plus de solennité que de tendresse, et écouta paisiblement le récit un peu embrouillé que lui fit la petite.

« Tu ressembles à ton père d'une manière frappante, lui dit-elle en forme de péroraison quand elle finit, à ton oncle par conséquent, car les deux frères se ressem-

Le déjeuner d'Alberte.

Alberte le suivit en marmottant entre ses dents. Elle avait dit et redit à Mme Louis qu'elle avait assez de sa petite valise; jamais personne n'avait parlé de faire transporter cette grande caisse. Pour les deux jours qu'elle avait à passer à l'hôtel, était-ce bien la peine?

Elle se calma tout à coup lorsque Morin, arrivé devant la porte de la chambre de la duchesse, s'effaça pour la laisser passer. Elle entra chez sa tante le sourire aux lèvres. Mme de la Rochefaucon était absolument assise, habillée et encadrée comme lors de la récente visite d'Alberte. Sur la cheminée de marbre, à la portée de sa main, se voyait une bonbonnière transparente remplie de pastilles; c'était le seul

blaient étrangement. Mais voyons, petite, tu me parles de deux jours.

— Oui, ma tante.

— Écoute, voici la lettre que tu m'as apportée. »

La duchesse mit son pince-nez et lut :

« Ma chère tante,

« Je suis toute confuse d'avoir à vous « demander un grand service; mais « vous êtes la seule parente à laquelle « je puisse m'adresser lorsque je me « trouve dans l'embarras. Il s'agit d'Al- « berte, dont je ne sais absolument que « faire... »

Ici la duchesse fit une pause pour tourner la page satinée, et elle en profita pour jeter un coup d'œil vers celle qui était en cause.

Alberte, droite sur son fauteuil, un peu pâle et les sourcils légèrement froncés, écoutait avec attention.

« ...dont je ne sais absolument que faire, « reprit la duchesse. Je ne saurais prendre « assez d'autorité sur elle pour la gouver- « ner, et Médéric refuse de la reconduire « au Sacré-Cœur, prétendant qu'il aurait « l'air de jouer une comédie vis-à-vis de « ces dames, ce qui ne serait point conve- « nable... »

« Tel est mon avis, interrompit la duchesse, les religieuses du Sacré-Cœur sont généralement des femmes très bien nées, et d'ailleurs on ne retire pas, sans raison, un enfant d'un établissement, pour l'y remettre deux mois plus tard. »

« ...ne serait point convenable. J'étais « fort embarrassée, lorsque mon amie, la « comtesse de Fresnel, m'annonce dans le « plus grand secret que son oncle Adding- « ton, l'aîné de la famille, est au plus mal, « et qu'ils vont tous partir pour l'Écos- « se... »

« Un aîné qui meurt en Angleterre c'est tout un événement, remarqua la duchesse pensivement. Ah! l'aînesse, bon système, très bon système. »

« ...pour l'Écosse. Immédiatement j'ai « eu la pensée de profiter de l'occasion « pour faire un voyage désiré depuis long- « temps. Mon mari avait des comptes à « régler à Valroux, je l'accompagne; les « de Fresnel nous y rejoindront demain, « et nous emportons d'emblée son consen- « tement. Mais Alberte! Alors j'ai pensé « à vous, bonne tante. Naguère vous avez « proposé de la prendre. Je vous l'envoie, « n'ayant même pas le temps de vous con- « sulter. En votre société elle acquerra le « sérieux et la distinction qui lui man- « quent, et que je me sens tout à fait inca- « pable de lui donner. Si vous n'en vou- « liez pas absolument, votre intervention « près de la Supérieure du Sacré-Cœur « serait toute-puissante. A notre retour « d'Écosse nous la caserons définitivement

« jusqu'à sa majorité. Je le vois bien, il « me sera impossible de m'en charger, « ainsi que je l'avais espéré, je n'ai vrai- « ment pas ce qu'il faut pour la gouverner. « Je suis au désespoir d'être obligée d'agir « avec vous avec cette précipitation, chère « et bonne tante, mais les circonstances « m'entraînent et je compte sur votre « grande indulgence.

« Médéric met à vos pieds ses plus res- « pectueux hommages, et moi, je reste la « plus reconnaissante de vos nièces.

« Marquise Madeleine de Valroux. »

« Eh bien! dit la duchesse en faisant tomber son lorgnon, qu'en dis-tu? »

Alberte ne disait rien, suffoquée qu'elle était par la surprise et le chagrin. Elle baissait la tête comme si ce lourd plafond descendait sur elle pour l'étouffer.

La duchesse étagea froidement ses papil- lotes blanches tout en relisant du regard la missive dont elle venait de scander le contenu, syllabe par syllabe.

En ce moment douloureux, embarrassant, la porte de la chambre s'ouvrit et la voix du vieux laquais annonça :

« M. le docteur Buzançais. »

Un petit vieillard tout fourré, le nez armé de lunettes d'or, vint saluer la duchesse, qui lui dit :

« Vous arrivez bien, monsieur le doc- teur, j'ai les bronches très fortement pri- ses. »

Et, montrant la porte du geste à Alberte, elle ajouta :

« Fais-toi reconduire à ta chambre, mon enfant, nous prendrons tantôt une résolu- tion. »

Alberte se leva, salua et sortit.

A la porte elle trouva le vieux laquais, qui voulut la reconduire chez elle. Mais elle se sentait un tel besoin d'air, qu'elle se rendit dans le jardin et alla s'abattre sur le banc placé contre la statue de Pomone. Là elle se mit à pleurer amère- ment le naufrage de ses petites espérances.

Le coup était rude, vraiment! D'une minute à l'autre, et sans que rien l'y préparât, plus d'amies, plus de cours, plus de sœurs ; mais l'inconnu, l'isolement, ou, — elle frissonnait en y pensant, — le froid hôtel et la froide duchesse.

En ce moment elle sentit s'éveiller en elle le regret cuisant de sa première faute. Pourquoi avait-elle si ardemment désiré quitter le Sacré-Cœur, où son petit esprit indépendant était soumis à une règle, mais à une règle sage, exempte de caprices, d'imprévus, de sournoiseries ?

Pendant qu'elle se désolait ainsi sous les yeux blancs de Pomone, la duchesse prenait en conscience, mais avec la dignité qui ne l'abandonnait jamais, sa consultation médicale.

« Je sais que j'ai une maladie dont on ne guérit pas : la vieillesse, dit la duchesse, après les constatations d'usage ; mais voilà quinze jours que je souffre de la gorge et que le moindre courant d'air augmente mon mal.

— Vous sortez, madame.

— Très peu, docteur, comme vous savez.

— Madame la duchesse, il ne faut pas sortir du tout.

— J'assiste quelquefois à la messe de onze heures à Saint-Thomas d'Aquin.

— Désolé de vous en priver, profondément désolé.

— Je fais un petit tour dans le jardin vers deux heures.

— Il m'est très pénible de vous refuser cet exercice, si excellent d'ailleurs. Tout ce que je puis vous permettre, c'est de parcourir vos appartements. L'air vif, légèrement chargé d'humidité, vous est, en ce moment, très malsain. »

La duchesse s'inclina avec sa bonne grâce habituelle.

« Il faut vous obéir, docteur, j'obéirai. »

Sur ces paroles, le docteur prit congé, et la duchesse, se renversant en arrière, ferma les yeux. Elle ne les rouvrit qu'une demi-heure plus tard, et son premier mouvement fut de tirer la torsade de soie rouge qui flottait contre la boiserie, à sa droite.

Elle sonna deux fois, et au second coup

Morin entra et marcha, de son pas lent et automatique, jusqu'à la petite table d'ébène aux incrustations de cuivre. C'était là, à cet angle, qu'il stationnait toujours pour écouter les ordres de sa maîtresse, et on aurait pu s'étonner que ses pieds n'eussent pas dessiné leur empreinte sur le tapis.

« Morin, dit la duchesse, me voilà clouée chez moi par le docteur.

— Il n'a pas trouvé madame la duchesse plus souffrante ?

— Non, mais prise de la gorge cependant, très prise. Vous irez dire, tantôt ou demain, à la chanoinesse de Bonlieu ce qui empêche ma visite habituelle. »

Morin s'inclina.

« Mais cela peut attendre, reprit la duchesse ; ce qui ne peut attendre, c'est ma nièce Aberte. »

La physionomie placide de Morin s'anima, il pencha la tête pour mieux écouter.

« Cette petite marquise de Valroux est l'étourderie en personne. Que vais-je faire de cette enfant ? Le Sacré-Cœur est impossible, on n'agit pas ainsi avec des femmes distinguées. Reste ma cousine la chanoinesse, car enfin je ne puis la garder chez moi. »

Morin leva les yeux au plafond comme pour se donner du courage et dit bravement :

« Pourquoi, madame la duchesse ? »

La duchesse dirigea vers lui son regard terni, mais ferme. Morin osait lui adresser une question ! Qu'avait donc Morin ?

La figure placide du maître d'hôtel la rassura ; elle avait craint qu'il ne fût subitement saisi d'un accès de fièvre.

« Je ne puis la garder, reprit-elle, répondant indirectement au vieillard ; ma maison est une résidence trop sévère pour une enfant ; il lui faudrait des maîtres, un immense embarras, et je n'ai absolument personne pour la servir.

— Ma fille ferait parfaitement le service de Mlle Alberte, madame.

— Et son repassage ?

— Si le service de madame la duchesse

devait souffrir en quelque chose, je ne proposerais jamais que Marie s'occupât de Mlle Alberte.

— Je le sais; cependant je ne vous ai jamais vu d'humeur aussi accommodante. N'avez-vous pas pensé que le bruit de cette enfant me gênerait, et me gênerait beaucoup.

— L'hôtel est si grand, Mlle Alberte ne voudrait pas troubler le repos de madame la duchesse.

— Mlle Alberte, je le vois, a en vous un fidèle serviteur.

— Elle est de la famille de la Rochefaucon, madame la duchesse.

— Pur sang, j'en réponds. Elle est tournée à ravir et très spirituelle de physionomie.

— Elle serait une bien gentille compagnie pour madame la duchesse.

— Surtout pendant une bronchite. Ne jamais sortir serait vraiment une peu monotone.

— Je n'oserais jamais donner un conseil à madame la duchesse; mais si je l'osais, je lui dirais de garder Mlle Alberte.

— La garder! c'est une délicate affaire. Il est vrai que l'an prochain elle pourrait retourner tout simplement au Sacré-Cœur. Puis sa sœur peut vouloir la reprendre à son retour d'Écosse.

— Elle la reprendra, c'est sûr, affirma Morin.

— Ou elle ne la reprendra pas. Tout cela demande mûre réflexion. Vous m'enverrez tantôt votre fille. »

Elle fit un signe de tête que Morin connaissait bien, car il tourna sur ses talons et sortit de la chambre.

Il traversa les deux antichambres, s'arrêta sur le palier, et, se penchant sur la balustrade, se mit à contempler la grande caisse noire à clous dorés qui portait le nom d'Alberte. Si ses yeux avaient eu la puissance de l'attirer jusque sur ce palier, sûrement ils l'eussent fait; si ses doigts légèrement agités avaient pu s'accrocher à l'une des poignées de fer, comme ils l'eussent soulevée avec légèreté! Deux ou trois

fois il se détourna comme pour appeler; mais l'appel mourut sur ses lèvres. Faire porter cette grande caisse dans les appartements, c'était de son propre chef installer Alberte à l'hôtel; il n'y avait pas à y songer.

Il secoua tout à coup sa tête vénérable comme pour chasser la pensée importune et monta l'escalier qui conduisait au second étage. Il entra sans frapper dans un appartement qui n'avait d'autres meubles qu'une table immense qui servait au repassage.

Une femme d'une quarantaine d'années tuyautait avec un soin minutieux une collerette de mousseline, qui devait avoir l'honneur d'entourer le col majestueux de la duchesse.

Elle leva la tête en entendant la porte s'ouvrir, sourit et dit :

« C'est bien à vous, papa, de venir me voir.

— On va bien chez toi, Marie?

— Mon gros poupon est tourmenté par les dents et me donne de mauvaises nuits.

— Cela passera. Dis donc, Marie, à trois heures tu te rendras dans la chambre de madame la duchesse.

— Oui, papa.

— Elle va prendre sa nièce Mlle Alberte.

— Celle que vous aimez tant. »

Morin sourit silencieusement.

« Et j'ai dit que tu pourrais t'en occuper.

— Moi, papa? bien sûr non, à moins de laisser là mes repassages, mes reprisages et le reste. »

Morin frappa un petit coup sur la table.

« Du tout, dit-il; madame la duchesse t'a fait apprendre ton état pour que tu puisses lui arranger sa lingerie à son idée, il ne s'agit pas de sacrifier cela.

— Cependant, si Mlle Alberte imagine de me garder le soir ou de me faire venir plus tôt, cela me gênera beaucoup. Le soir, mon mari qui revient de sa journée est bien aise de me trouver, et le matin, quand j'ai passé la nuit à bercer mon petit Jules, comment ne pas dormir un peu? »

Un second coup fit cette fois trembler la table.

« Écoute, Marie, je n'aime pas les mauvaises raisons, dit Morin d'une voix forte. Je dis que tu peux servir Mlle Alberte, une enfant, sans te gêner en aucune façon. Tu iras causer un peu moins longtemps avec ta mère à la lingerie, voilà tout. Nous devons notre aisance aux la Rochefaucon, ma fille, c'est au père de Mlle Alberte que je dois d'être entré chez M. le duc, il y a de cela trente-cinq ans deux mois et cinq jours, je n'entends pas qu'on marchande avec la famille. D'ailleurs, tu connais madame la duchesse; si tu prends une peine de plus, ce sera un gain de plus.

— C'est vrai papa; puis enfin, si vous le voulez.

— Je le veux. Tu diras que le service de Mlle Alberte peut très bien cadrer avec ton repassage et ton reprisage. Et c'est vrai, d'autant plus vrai, que je serai là pour te donner ou te faire donner un coup de main à l'occasion. C'est arrangé? »

Marie regarda fixement le visage vénérable de son père, empreint en ce moment d'une grande fermeté, et inclinant docilement la tête :

« C'est arrangé, mon père, dit-elle, je parlerai selon vos idées. »

Il sourit d'un air heureux et la quitta pour aller à la recherche d'Alberte.

Elle n'était point dans sa chambre; il descendit dans le jardin et en fit gravement le tour les mains derrière le dos, ayant tout à fait l'air de se promener pour son agrément. Ne l'apercevant pas, il pressa le pas, tourna les massifs, chercha dans les coins et l'appela d'abord à voix basse, puis à voix plus haute. Très inquiet, il s'arrêta court et se mit à réfléchir où elle pourrait bien s'être réfugiée.

Au plus profond de ses réflexions, il leva les yeux. Quelque chose de très brillant étincelait sur les plis du péplum de Pomone. Il fit brusquement deux pas de ce côté et se trouva en face d'Alberte, qui lui avait échappé en tournant autour du socle de la statue.

Malgré sa profonde douleur, Alberte n'avait pas résisté au désir de faire une espièglerie à son vieil ami Morin.

« N'avez-vous pas froid, mademoiselle Alberte? dit le vieillard; ne voulez-vous pas rentrer?

— Ah! non! repondit Alberte; il me semble que j'aurais encore plus froid dans cette grande chambre rouge.

— J'ai fait allumer du feu.

— Dans la grande cheminée?

— Dans la grande cheminée.

— Ce doit être joli, dit Alberte, allons voir. »

Et elle remonta, suivie de près par Morin, qui allongeait le pas pour l'atteindre.

Lorsqu'elle entra dans la chambre, elle jeta un cri de joie. De grandes bûches flambaient dans l'immense cheminée et jetaient de superbes reflets rougeâtres sur les chenets géants qui les soutenaient.

« C'est tout à fait comme chez papa, dit-elle. Oh! écoutez comme ce bois pétille; c'est charmant. »

Morin lui avança une chauffeuse et, devinant l'expression du regard qu'elle jetait autour d'elle, lui mit dans les mains de lourdes pincettes de fer qu'elle enfonça dans les bûches, ce qui détermina une véritable fusée d'étincelles.

« Vous serez bien ici pour attendre le dîner, dit Morin.

— Oui, je grelottais dans ce jardin. Et pourtant, mon pauvre Morin, je suis si malheureuse que, même devant ce beau feu, j'ai envie de pleurer.

— Il ne faut pas, il ne faut pas, dit Morin vivement; si Mme la duchesse vous voyait les yeux rouges, elle en serait contrariée. Elle est bien souffrante, la voilà condamnée à ne pas sortir, et votre tristesse l'empêcherait peut-être de vous garder.

— On ne peut pas cependant me jeter sur le pavé, Morin.

— Non, mais on pourrait vous mettre chez Mme la chanoinesse qui...

— Qui est si sourde et qui a un domestique si désagréable. Non, non je ne veux pas aller chez la chanoinesse.

— Mademoiselle Alberte, soyez bien gentille, je vous en prie, surtout au dessert. Madame la duchesse parle toujours un peu au dessert. »

Alberte fit un signe d'assentiment et se mit à tisonner d'un air sombre.

Morin la quitta et ne se représenta que pour lui dire solennellement :

« Mademoiselle est servie. »

Elle le suivit dans la salle à manger. La duchesse était assise au haut bout de la table carrée et attachait méthodiquement sa serviette de fine toile damassée.

Elle fit une petite inclination de tête à Alberte et lui montra du doigt le couvert placé près d'elle. La petite fille se rendit à cette place. Le laquais en livrée qui servait à table poussa doucement derrière elle la lourde chaise, recouverte de cuir de Cordoue, dont le dossier de chêne portait une lourde couronne, et le repas commença.

La duchesse mangeait vite pour une femme de son âge, mais gardait machinalement le silence qui lui était habituel. Morin servait d'échanson et, sans attendre la permission d'Alberte, il lui versa, dans son joli petit verre de cristal taillé, trois doigts de vieux vin de Malaga.

Et comme Alberte le regardait faire avec stupéfaction :

« Très bien, Morin, dit la duchesse avec un sourire, donnez-lui des forces, à cette enfant; un biscuit maintenant, c'est cela. »

La duchesse but une gorgée de Malaga, et voyant le dessert servi, dit à l'enfant :

« Qu'as-tu fait cette après-midi?

— J'ai coiffé et décoiffé Pomone, ma tante, et j'ai beaucoup regardé le grand La Rochefaucon qui est dans le mur.

— C'est bien, il faut conserver le culte des ancêtres, et ce La Rochefaucon n'est pas le moindre de la lignée. Je fais prendre grand soin de ces bustes, qui sont aussi anciens que les statues de Versailles. As-tu remarqué la belle figure placée dans la niche à gauche.

— Un monsieur qui a un superbe chapeau à panache et des moustaches en croc.

— Oui, le maréchal de Villars. Je suis alliée des Villars. »

Après cette déclaration, la duchesse prit un gâteau croustillant et tout en le brisant entre ses doigts et en le mangeant par miettes, elle commença le plus simplement du monde un aperçu généalogique qu'Alberte et Morin écoutèrent avec une religieuse attention.

Son discours fini, elle se leva de table et, s'appuyant sur l'épaule d'Alberte, elle regagna sa chambre, où la conversation se continua quelque temps au coin du feu. Puis la duchesse, se sentant fatiguée et ayant des lettres à lire, fit appeler Mme Morin, qui était sa femme de chambre depuis trente ans, et souhaita le bonsoir à Alberte que Marie Morin reconduisit à sa chambre.

Morin resté debout contre la porte semblait attendre que la duchesse le congédiât; mais elle l'appela d'un geste et il vint se placer à l'encoignure de la table.

« Morin, j'ai parlé à votre fille, dit-elle; elle n'a pas fait de difficulté pour se charger du service d'Alberte. »

Elle se tut et reprit :

« L'enfant me sera vraiment une compagnie et j'attendrai la décision réfléchie de M. de Valroux, qui est son tuteur et qui doit prononcer en dernier ressort. Vous pourrez faire porter sa caisse dans son appartement et compléter son installation. »

Morin salua et, la duchesse ne parlant plus, il dit :

« Madame la duchesse n'a plus d'ordres à me donner?

— Non, mon bon Morin.

— Je souhaite une bonne nuit à madame la duchesse. »

Il sortit, gagna le corridor éclairé par une petite lampe, et se mit à l'arpenter les mains derrière le dos, et riant silencieusement de contentement.

X

Le petit Jean.

A l'hôtel de la Rochefaucon les jours se suivaient en se ressemblant. Le lendemain de son arrivée, Alberte employa sa journée exactement comme la veille, flânant dans les corridors silencieux, passant de la chambre rouge au jardin et du jardin à la chambre rouge. Le temps lui parut d'une longueur interminable; mais elle fit néanmoins assez bonne contenance. Marie sortait les objets contenus dans sa caisse; chaque fois qu'elle rentrait, elle la trouvait rangeant, et sa vue seule l'arrachait au sentiment de sa grande solitude. Mais le lendemain matin il pleuvait à torrents; elle se trouva claquemurée dans sa chambre durant cette longue matinée pendant laquelle la duchesse demeurait invisible, et son courage un peu factice l'abandonna. Quand Morin entra chez elle, vers dix heures, avec un domestique dont les bras étaient chargés de grosses bûches, il l'aperçut debout, devant la fenêtre, ayant autant de larmes sur les joues que la vitre ruisselante avait de gouttes de pluie.

Laissant le domestique ranger les bûches dans le coffre à bois, il s'avança vers la pauvre désolée qui, pour se cacher, se précipitait dans un angle de l'embrasure, la considéra cinq minutes sans mot dire, puis sortit. Un quart d'heure plus tard, il entra seul, sans frapper, marcha vers la fenêtre et appela doucement Alberte.

L'enfant se détourna et ne put retenir un sourire. Le grave Morin avait une poupée sur chaque bras.

« Les reconnaissez-vous, mademoiselle? » dit-il.

Alberte essuya ses yeux larmoyants.

« Oui, répondit-elle, c'est-à-dire que je crois les avoir vues; à qui sont-elles?

— A vous.

— A moi?

— Oui mademoiselle; il y a quelque chose comme cinq ans, vous étiez venue passer un mois à la Rochefaucon avec M. le marquis votre père et Mme de Valroux, alors Mlle Madeleine. Madame la duchesse m'avait fait acheter ces deux poupées à Coutances, vous les aimiez beaucoup et vous les promeniez dans leurs petites voitures. Elles furent oubliées quand vous partîtes, et je les serrai pour vous les rendre à l'occasion.

— Vous eussiez dû les donner à vos petits-enfants, Morin. Je ne joue plus à la poupée, comme vous devez le penser. »

En faisant cette déclaration d'un ton très grave, Alberte prit la poupée posée sur le bras droit de Morin. C'était une poupée grande dame : robe à queue, toquet de velours, lorgnon dans l'œil, chevelure superbe, dents d'émail, air hautain.

« Je la reconnais, dit-elle : c'est une poupée brune que j'avais baptisée Madeleine; elle est devenue bien laide, sa robe est bien fanée et sa physionomie tout à fait désagréable. »

Elle la jeta sur l'appui de la fenêtre et saisit l'autre : un magnifique poupard, vrai simulacre d'enfant celle-là avec son abondante chevelure blonde et frisée, ses grands yeux étonnés et limpides, ses joues rebondies, ses quatre petites dents, ses mains potelées. Il portait le costume traditionnel : bonnet brodé à trois pièces, blouse de mousseline, sarrau de piqué blanc.

« Ah! je reconnais aussi celle-ci, s'écriat-elle, c'est Jean, mon petit Jean. Il n'a pas beaucoup changé, lui, il a toujours son air aimable. Ah! mon Dieu! lui ai-je fait de la bouillie dans les petites casseroles de mon joli ménage! Ah! mon Dieu! l'ai-je endormi dans son joli berceau aux rideaux bleus!

— J'ai conservé le berceau, dit Morin.

— Ah! tant mieux! s'écria Alberte.

Et, oubliant qu'elle ne jouait plus à la poupée, elle coucha le poupard dans ses bras et se mit à le dodeliner en chantant : do do, l'enfant do, etc.

Morin la regardait avec ravissement.

« Ce soir, j'apporterai le berceau, dit-il, c'est ma femme qui l'a serré, et elle est

elle les regarda fixement, et tout à coup, interpellant la poupée au lorgnon, elle la menaça du doigt.

« Quant à vous, dit-elle, vous n'êtes plus ma fille, vous m'êtes devenue étrangère; quel air pincé vous avez et comme votre toilette est fanée! Allez, allez, je ne vous aime plus, vous avez tout à fait l'air d'une dame de carton, vous avez de la peinture

Morin avait une poupée sur chaque bras.

occupée auprès de Mme la duchesse en ce moment.

— N'y manquez pas, dit Alberte, car ce pauvre petit Jean gèlerait dans cette chambre s'il n'avait pas de berceau. A-t-il un édredon?

— Oui, mademoiselle, recouvert de soie bleue. »

Alberte, contente de cette affirmation, se mit à faire danser Jean, et Morin sortit enchanté d'avoir découvert quelque chose qui pût la distraire.

Lui sorti, Alberte ne délaissa pas les poupées, mais elle se mit à monologuer à leur propos.

Les plaçant toutes les deux devant elle,

jusque dans les yeux et votre perruque ne tient pas. Vous sentez le moisi, c'est affreux; et puis vous êtes la filleule de Madeleine, vous portez son nom et je n'aime plus Madeleine. Quand je pense qu'elle m'a renvoyée de chez elle et qu'elle est partie avec mes petites amies!... elle aurait bien pu m'emmener au lieu de me laisser ici. »

En évoquant ces souvenirs des larmes jaillirent de nouveau de ses yeux.

« Allez, reprit-elle, je ne veux plus vous voir, pour un rien je vous jetterais dans le feu, où vous feriez une belle flambée. »

Elle prit l'innocente poupée, la fit tournoyer un instant et, se ravisant, la glissa sous l'embrasse épaisse du rideau.

« La voilà disparue, dit-elle ; viens ici, mon petit Jean. »

Elle reprit le poupard et alla s'asseoir devant sa table de toilette. Munie d'une brosse et d'un peigne, elle se mit à démêler patiemment la chevelure frisée du poupard en lui murmurant mille tendresses.

« Là, je tire trop peut-être. Pauvre petit, comme ses boucles sont emmêlées ! je suis une mauvaise maman aussi, moi, d'avoir abandonné ce cher poupard. Ah ! la vilaine poussière ! j'ai beau souffler, elle ne s'en va pas... Si je mouillais un peu ? Il ne faut pas crier, petit Jean, il faut être propre pour devenir gentil. Là ! c'est un peu froid, mais cela fait très bien ; voilà une petite oreille toute rose maintenant. Et le cou ? Oh ! le joli petit cou ; je remettrai de la dentelle à cette robe-là, de la valenciennes pure. Et les souliers ! ce sont de petits chaussons ; c'est bien chaud, petit Jean ; j'achèterai de jolis souliers vernis, il faudra bien apprendre à marcher aussi. Voilà votre toilette faite, on embrasse maman et après l'on fait sa prière. »

Elle joignit les mains du poupard, puis les laissa retomber.

« A quoi bon ? dit-elle pensivement ; il n'a pas d'âme. »

Sur cette réflexion, petit Jean fut abandonné et jeté sur le pied du lit.

Mais deux grandes heures s'étaient écoulées et l'heure du déjeuner allait sonner.

La duchesse attendait Alberte le sourire sur les lèvres, et pendant le déjeuner elle lui adressa plusieurs fois la parole.

« Regrettes-tu beaucoup l'hôtel des Champs-Elysées ? » lui demanda-t-elle tout à coup.

Morin regarda Alberte avec une pointe d'inquiétude.

« Je regrette mes amies et mes cours, répondit Alberte timidement,

— Tes amies ! il n'y a plus à y penser, puisqu'elles sont parties pour l'Ecosse.

— Et le cours, ma tante ? »

La duchesse hocha la tête d'un air très grave.

« Le cours n'a pas du tout mes sympathies, répondit-elle ; cette innovation est toute moderne et je ne puis m'y faire. Envoyer des jeunes filles dans un lieu public, parmi une foule d'inconnues, ne m'a jamais paru très raisonnable en fait d'éducation. Cela les rend pédantes et hardies. Quels étaient tes maîtres pour les arts d'agrément ?

— Je n'en avais pas encore, mais j'assistais, comme Sarah et Georgine, au cours de Mme Loppen pour la musique, au cours de....

— Encore ! Quoi ! même pour ces études il faut maintenant des cours ? C'est d'une originalité ! Je ne puis me faire à l'idée de ces réunions publiques, je ne m'y ferai jamais. »

Et sur cette parole qui ne pouvait souffrir aucune réplique, la duchesse se leva de table et demanda à Alberte si elle voulait l'accompagner dans la petite promenade hygiénique qu'elle avait l'habitude de faire dans le grand salon. Alberte, encore tout impressionnée par l'appréciation très catégorique de sa tante sur les cours, accepta en jetant un regard mélancolique à Morin qui portait la main à l'un des flambeaux d'argent à triple branche, posés sur la table. De l'autre main il lui répondit par un petit geste qui voulait dire : Patience ! et précéda la duchesse dans la salle de réception, qui n'était séparée de la salle à manger que par une cloison de boiseries mobiles qui s'enlevaient, lorsqu'il y avait grande réception à l'hôtel. Depuis bien longtemps ce superbe appartement, dont le mobilier était estimé un grand prix, ne servait plus que de promenoir d'hiver à la duchesse.

Entre les meubles de Boule était ménagé un large espace qu'elle parcourut une dizaine de fois, appuyée sur l'épaule d'Alberte. Un épais tapis d'Aubusson éteignait absolument le bruit de leur pas et la demi-obscurité qui régnait dans l'appartement leur donnait l'aspect de deux ombres.

La duchesse surtout, avec son pâle visage encadré dans une mantille noire, sa démarche lente et majestueuse, son costume un peu suranné, produisait un effet tout à fait fantastique, et Alberte regardait curieusement sa silhouette reflétée par les hauts miroirs de Venise.

Si la duchesse avait pris pour thème de conversation un de ces sujets mélancoliques, qui reviennent familièrement à la mémoire des vieillards, la petite fille aurait été tentée d'éprouver quelque chose comme de l'effroi; mais ce soir-là le salon ne rappela à la vieille dame que des souvenirs heureux. Tout en marchant avec ses allures d'ombre il lui vint à la pensée de raconter à Alberte les splendeurs de son bal de noce qui avait eu lieu dans ce salon, il y avait un demi-siècle, et qui, croyait-elle, n'avait pu être effacé dans le souvenir des survivants par aucune autre fête.

« Vous dites que vous avez beaucoup dansé, ma tante? demanda timidement Alberte, craignant de l'offenser.

— Eh! sans doute; j'ouvris le bal avec Son Altesse le duc de Berri. On dansait alors, mon enfant, et sans déroger le moins du monde à la dignité. La danse s'apprenait comme un art et j'y étais devenue fort habile. Quand le marquis de la Tour Salansac et moi figurions dans une contredanse, les tables de jeu étaient abandonnées. Il y avait des personnes qui montaient sur les banquettes et il fallait subir cette petite infraction au décorum, qui ne se produisait que lorsque je dansais avec le marquis. »

Alberte regarda autour d'elle comme si les revenants évoqués par la duchesse allaient apparaître tout à coup à ses côtés, puis elle baissa la tête en soupirant.

Elle avait parfois rencontré un vieux monsieur chauve, qui était très cassé, qui prenait beaucoup de tabac, et elle l'avait entendu nommer le marquis de la Tour Salansac.

Et c'était là le brillant danseur de sa grand'tante.

Il lui sembla que son pas s'alourdissait,

que sa taille se voûtait et elle jetait un coup d'œil vers la glace en portant la main à sa tête, pour s'assurer qu'elle n'était pas devenue chauve, lorsque la porte s'ouvrit devant Morin, qui savait à une seconde près combien devait durer, hygiéniquement parlant, la promenade de sa maîtresse.

Il reprit le flambeau sans mot dire et marcha jusqu'au fond du corridor. A la porte de l'appartement de la duchesse se trouvait Mme Morin, un bougeoir à la main.

La duchesse mit son froid baiser sur le front d'Alberte, et Morin conduisit l'enfant à sa chambre.

Marie faisait la couverture du lit.

« Dormez bien, mademoiselle, dit tout bas le bon vieillard à Alberte, qui était singulièrement soucieuse.

— Je voudrais dormir toujours, répondit-elle en enfonçant ses deux poings dans ses yeux. »

Puis relevant soudain la tête et prenant les mains du vieillard entre les siennes :

« Enfin, Morin, dit-elle plaintivement, est-ce que je ne me promènerai jamais que comme cela, pas à pas, ou bien toute seule? »

La présence de sa fille paraissait embarrasser Morin; il se pencha à l'oreille d'Alberte pour lui dire :

« Vous verrez que Mme la duchesse finira par vous donner une société de votre âge, et, lorsque le temps sera au beau, vous fera promener en voiture.

— Et mon cours, Morin! Est-ce que je ne ferai plus rien, rien, rien?

— Je ne sais pas les intentions de Mme la duchesse.

— Parlez-lui du cours, mon bon Morin; je vous en prie, parlez-lui du cours.

— Je lui en parlerai ce soir même, mademoiselle.

— Oh! merci.

— Vous dormirez bien?

— Très bien, comme si j'étais plus vieille, vieille comme les rues. »

Alberte fit une glissade pour rejoindre Marie, et Morin, déposant son flambeau sur la cheminée, souffla sur les bougies et retourna vers l'appartement de la duchesse.

Sur le seuil il regarda sa montre, frappa doucement, entra et prononça la phrase sacramentelle :

« Madame la duchesse n'a plus d'ordres à me donner ce soir?

— Non », répondit la duchesse, qui se levait de son fauteuil.

Morin toussa dans sa casquette.

« Madame la duchesse n'oublie pas le cours de mademoiselle Alberte? dit-il timidement.

— Le cours! Alberte n'ira point au cours.

— Je croyais que madame la duchesse avait dit que....

— Que je lui donnerais des professeurs, puisqu'il lui en faut. Certainement, il lui faudra des professeurs. »

Elle inclina la tête d'un air songeur et reprit :

« Au fait, autant sortir tout de suite de ce petit embarras. Attendez un instant Morin, je vais vous donner un mot pour la chanoinesse. »

La duchesse retomba sur sa chaise, prit une feuille de papier satiné, timbré à blanc d'une couronne ducale, et écrivit du bout des doigts et de la plus belle écriture du monde le billet suivant :

« Ma chère cousine,

« Par une suite d'incidents trop longs à raconter, j'ai chez moi ma petite nièce, Alberte de la Rochefaucon. Je sais que vous êtes l'obligeance même. Voulez-vous me rendre le service de lui procurer des professeurs : français, musique, dessin, anglais? Je désire des hommes âgés au moins de cinquante ans.

« Je ne puis m'astreindre à des surveillances et ne veux aucune agitation dans ma maison.

« J'espère que votre santé est meilleure que la mienne. Je vous offre à l'avance, ma chère cousine, tous mes remerciements et vous prie de croire à l'amitié de

« Amable-Angélique, duchesse de la
             Rochefaucon. »

Cette lettre pliée fut mise sous enveloppe et remise à Morin, qui sortit de la chambre et courut vers celle d'Alberte. Sa fille en fermait la porte avec précaution.

« J'ai une très bonne nouvelle à lui annoncer, Marie, dit-il.

— Père, ce sera pour demain; elle dort de tout son cœur », répondit la jeune femme en souriant.

XI

Les professeurs d'Alberte.

Alberte a repris ses études; mais non point, hélas! pour sa plus grande distraction. Trois fois par semaine la grande bibliothèque, située au second étage de l'hôtel, est soigneusement époussetée par Morin. C'est là que les professeurs de toute science sont admis tour à tour à infuser quelque peu de leur savoir à la petite transfuge du Sacré-Cœur. Ce jour-là Mme Morin installe sa table de travail dans une des embrasures, et Alberte se tient devant une large table ou devant son piano, ou devant son chevalet, et attend le professeur en bâillant entre ses doigts.

« Pan, pan, pan! »

La porte s'ouvre devant un grave monsieur que Morin a conduit; Alberte se lève, ils se saluent, s'asseyent, et pendant une heure la plume grince sur le papier, ou la note vibre dans le clavier, ou le crayon trace des profils plus ou moins grecs. Tous ces professeurs sont des hommes choisis, triés sur le volet, qui donnent consciencieusement leur leçon à la petite duchesse. Eux aussi appellent Alberte : la petite duchesse. Pour dissimuler sa timidité, elle a pris avec eux un air excessivement guindé, et ils ont à peine entendu le son de sa voix. Naturellement cette manière d'étudier ennuie profondément Alberte, qui regrette les études faciles du Sacré-Cœur; mais elle ravit Mme de la Rochefaucon. Le docteur lui a interdit le second étage; mais elle sait par Mme Morin que tout se passe bien, qu'Alberte écoute attentivement ses professeurs. Ceux-ci lui donnent d'excellentes notes et cela suffit.

Elle ne s'aperçoit pas qu'Alberte perd tout enjouement, et elle donne le beau nom de sérieux à ce qui ne mérite que celui d'ennui. Alberte ne travaille pas, elle fait tout juste ce qui lui est commandé et se contente d'assister de corps à ses leçons.

Un matin, c'était un dimanche, elle se réveilla encore plus triste que d'habitude. Depuis trois jours il pleuvait à verse et le jardin lui-même lui avait été défendu. La duchesse paraissait de son côté beaucoup plus souffrante et la petite fille avait dîné seule la veille dans la sombre salle à manger.

Aussi, prise de paresse et de découragement, elle ferma ses livres, ses cahiers, et se mit à jouer avec son petit Jean. Mais ce petit Jean-là ne pouvait être longtemps une distraction pour elle, et bientôt elle s'assoupit paresseusement, son poupard dans ses bras.

Tout à coup elle s'entendit appeler.

Elle ouvrit les yeux. Elle n'avait pas reconnu la voix de Morin, et cependant c'était bien Morin qui était là devant elle, la figure rayonnante.

« Mademoiselle, dit-il, j'ai une grande nouvelle à vous annoncer. Le docteur recommande l'air du Midi à Mme la duchesse.

— Eh bien? répondit Alberte sans enthousiasme.

— Eh bien! on a précisément télégraphié aujourd'hui à Mme la duchesse pour lui annoncer qu'on allait louer la villa où elle a passé plusieurs hivers, et je vais au télégraphe porter la réponse qui dit que nous partons pour Cannes demain soir.

— Moi aussi? s'écria Alberte.

— Mme la duchesse a donné des ordres pour vos bagages.

— Ah! quel bonheur! Il y a des enfants à Cannes, n'est-ce pas?

— Oh oui!

— Et je les verrai?

— En vous promenant, vous ne manquerez pas de rencontrer les petites ramasseuses de fleur d'oranger.

— Enfin, des petites filles! s'écria Alberte. Depuis que je suis entrée chez ma tante, je n'ai pas vu l'ombre d'un enfant de mon âge.

— Cependant mademoiselle va le dimanche à Saint-Thomas d'Aquin.

— Oui; mais quand ma tante arrive, on s'écarte et les petits pauvres eux-mêmes s'en vont. Je vous assure, Morin, que je suis enchantée de partir. Voyager, c'est charmant! »

Morin sourit, puis prêtant l'oreille:

« On attelle, dit-il, Mme la duchesse va à la messe. »

Alberte se leva précipitamment et procéda à sa toilette de rue, puis elle descendit, son livre à la main, et attendit sa tante sur le perron. Les beaux chevaux brillamment harnachés attendaient aussi et ne donnaient d'autres signes d'impatience que de secouer la tête de haut en bas, ce qui voilait et dévoilait tour à tour leur large frontal pourpre. Pour cette messe du dimanche, le grand équipage était toujours de rigueur. Le cocher et le valet de pied revêtaient leur grande livrée d'hiver, redingote traînante, chapeau richement galonné d'argent, fourrures épaisses et noires.

Quand la duchesse parut sur le perron, le cocher fit un mouvement et le marche-pied de la calèche se trouva de niveau avec la première marche. La duchesse drapait correctement sa taille majestueuse dans une longue mante de satin toute doublée de martre zibeline, sa tête était entourée de fichus soyeux et son visage

IL SE DIRENT D'EFFROYABLES INJURES

couvert d'un voile si épais, que l'on ne distinguait pas ses traits. Elle monta en voiture. Alberte s'assit à ses côtés.

L'enfant aurait bien voulu parler de ce voyage imprévu dont sa pensée était remplie; mais aux premiers mots qu'elle prononça, la voix de la duchesse, tout assourdie par ses dentelles, s'éleva pour lui dire qu'il lui était interdit de parler.

« Il y aura bien quelque petite fille dans les personnes qui habitent un si charmant pays, pensa Alberte, et dans tous les cas cela changera, puisque nous n'emmenons ni ma tante la chanoinesse, ni le vieux marquis de la Tour Salansac, ni mes vieux cousins qui jouent au damier, ni mes professeurs qui sont tous si graves. »

Le reste de la journée elle se montra

La leçon de dessin.

Et ce fut dans le plus complet silence qu'Alberte fit la courte excursion. A l'église, la duchesse se plaça dans un des bas côtés et imagina de sortir pendant le dernier évangile, afin de ne pas risquer d'être arrêtée par la foule, devant les portes ouvertes.

Au retour de la messe, elle voulut bien admettre Alberte à déjeuner avec elle, dans son appartement, et elle poussa la condescendance jusqu'à lui dire quelques mots de leur voyage. Elle avait espéré rester tout l'hiver à Paris, mais son médecin lui enjoignait le Midi, et elle retournait à Cannes, qui était la station la mieux habitée et où elle était sûre de retrouver des connaissances.

d'une gaieté charmante, et, sachant que Morin allait assister au salut à Sainte-Clotilde, elle désira l'accompagner.

Ce n'était pas la première fois qu'elle faisait de ces petites excursions avec le bon Morin, qui était extrêmement pieux. Ce jour-là la distance respectueuse que son conducteur laissait entre elle et lui fut singulièrement diminuée. Alberte, en traversant les rues peu fréquentées, demandait des détails sur les emballages et faisait ses recommandations. A l'église elle pria avec une ferveur inaccoutumée, et les cierges avaient depuis longtemps cessé de fumer lorsqu'elle quitta le beau temple gothique. Il faisait nuit, il pleuvait très fort, si bien qu'ils revinrent sous le même parapluie. Dans le trajet de Sainte-Clotilde à la rue de Lille, Morin questionné sur Cannes en dit assez pour aviver la curiosité de l'enfant, qui en le quittant, lui dit : « A demain soir. »

Il répondit : « A demain soir ».

La journée du lendemain, consacrée aux emballages, ne comptait déjà plus

pour elle ni pour lui. Alberte, cette nuit-là, rêva d'un pays merveilleux dont tous les arbres au feuillage bleu portaient des oranges, et sur les chemins duquel des mains invisibles étendaient des tapis de fleurs éclatantes et parfumées.

XII

De Paris à Cannes.

A l'heure des principaux départs, rien n'est affairé comme les alentours des grandes gares, et ce fut un véritable plaisir pour Alberte que d'assister au mouvement du va-et-vient. La duchesse, qui ne se pressait jamais, était arrivée des premières, et parmi tous ces gens qui couraient, s'interpellaient et s'agitaient, elle formait avec M. et Mme Morin un groupe paisible et solennel qui attirait l'attention des flâneurs. Elle eut à subir une grande contrariété. Elle avait demandé par lettre qu'un wagon lui fût réservé, la demande s'était égarée dans les bureaux, et le chef de gare vint lui-même lui présenter ses excuses. Il était trop tard pour réparer cette erreur. Il y avait foule et ce train de nuit rapide ne pouvait entraîner un wagon de plus. La duchesse prit dignement ce petit ennui et alla s'installer dans un wagon de première avec Alberte. Morin, sa femme et sa fille montèrent dans le wagon voisin. Morin avait prévenu Alberte que sa maîtresse ne parlait pas en voyage, le bruit la rendait complétement sourde et le mouvement l'endormait.

Alberte écouta docilement ses instructions, mais elle se dit que, si elle ne dormait pas elle-même, elle allait beaucoup s'ennuyer.

Aussi fut-ce avec joie qu'elle entendit tout à coup la portière de leur wagon s'ouvrir et qu'elle assista à l'entrée bondissante de deux enfants, un petit garçon et une petite fille, que suivit de près une gouvernante en petit chapeau et en lunettes bleues, qui portait une quantité de petits sacs. Elle gourmanda en français les deux enfants sur leur vivacité et leur reprocha d'avoir quitté le buffet sans sa permission. Ils répondirent d'un petit air égoïste que puisqu'ils ne mangeaient pas de sandwichs la nuit, ils n'avaient pas voulu rester au buffet où ils s'ennuyaient, parce qu'il n'y avait personne.

Alberte, sur cette seule réponse, les trouva en son for intérieur très mal élevés, et cependant ils étaient bien gentils. La petite fille, qui paraissait avoir son âge, avait de beaux yeux noirs et une grande bouche rose qui souriait toujours; le petit garçon, beaucoup plus jeune, était remarquablement laid, mais très original par son costume et sa physionomie. Il était enveloppé dans un grand paletot marron à larges boutons d'or, sur ses cheveux très épais et crépus comme ceux d'un nègre était posé un bonnet de fourrure qui lui donnait l'air tout à fait vieillot, il avait des bottes et des gants de peau de chien. Si sa sœur était très brune, il était lui tout à fait jaune, il avait de grosses lèvres très rouges, ses grands yeux étincelaient sous des cils épais. Néanmoins son nez aquilin, l'ovale allongé de sa figure lui ôtaient toute ressemblance avec la race noire. La petite fille portait comme lui un costume très original. Sa taille svelte était cachée par une grande capote grise ornée de nœuds de rubans; à sa ceinture pendaient une aumônière brodée. d'acier, un petit revolver qui contenait très probablement des dragées et un cor de chasse tout plein d'une eau parfumée. Elle vint s'asseoir près d'Alberte, et son frère s'étendit dans la stalle à côté d'elles.

Quand le train s'ébranla, la gouvernante qui rangeait les petits paquets se tourna vers eux.

« Moi aussi je compte dormir, dit-elle en jetant un coup d'œil vers le visage rigide de la duchesse; avez-vous besoin de quelque chose avant que je m'endorme? Voulez-vous votre boîte de caramels, mademoiselle Luna?

— Non, Pauline, répondit Luna, ils me font mal au cœur.

— Et vous, monsieur David. »

M. David croisa ses tout petits bras et répondit. « Un livre.

— Et moi aussi un livre », s'écria Luna. Deux volumes de la Bibliothèque rose leur furent passés.

« Mon livre de science anglais », ajouta David.

Un livre vert tomba auprès du livre rose, et Pauline, ôtant les larges lunettes bleues qui recouvraient de tous petits yeux jaunes, s'enfonça dans son coin.

Luna et David s'emparèrent de leurs livres et, jetant un coup d'œil vers Alberte pour s'assurer qu'elle les regardait, ils se mirent à lire gravement à la clarté indécise de la lampe. Mais bientôt le bout de la petite botte de M. David erra à l'aventure et vint heurter le genou de Mlle Luna, qui plaça immédiatement son livre sur le livre que lisait M. David. Celui-ci prit son bonnet de fourrure et voulu coiffer Luna qui se défendit en riant. Le bonnet finit par rouler jusque sur les genoux d'Alberte, qui le rendit à M. David avec un salut. M. David fit des excuses, Luna aussi, et il n'en fallut pas d'autre pour rompre la glace entre les trois enfants qui se mirent à chuchoter gaiement. On parla de Paris, de Londres qu'ils habitaient, de Cannes

où ils allaient rejoindre leurs parents. On offrit à Alberte des livres, des caramels, des pastilles. Luna ouvrit son petit cor de chasse et lui proposa de parfumer son mouchoir. David, prenant le flacon des mains de sa sœur, sous le prétexte de se parfumer aussi, alla le placer ouvert sous le nez de Pauline, qui éternua violemment. Il aurait bien voulu en faire autant à la dame du coin, mais le seul aspect de son visage le tenait en respect. Heureusement que tous ces chuchotements et ces rires n'avaient pas la puissance d'arracher Mme de la Rochefaucon à son sommeil léthargique, car elle aurait immédiatement fait cesser toute familiarité. Jusqu'à dix heures les trois enfants s'amusèrent beaucoup. Les petits étrangers avaient beaucoup voyagé et ils étaient d'une gaieté folle. Tout à coup M. David tira de son gousset une petite montre d'or et s'écria :

« Il est dix heures : si nous nous remettions à lire? Luna, passe un livre à mademoiselle.

— J'aime mieux dormir, dit Alberte qui n'y voyait plus.

— Et moi aussi », ajouta Luna.

M. David les regarda non sans dédain.

« Je ne dormirai qu'à minuit », déclarat-il.

Et enfonçant sa toque fourrée sur ses épais cheveux, croisant ses petites jambes, il ouvrit son livre anglais. Mais, hélas! il n'en avait pas lu deux pages que son petit nez tombait dessus, que ses grands yeux se fermaient tout comme ceux de ses compagnes, et que le livre de science, lui échappant, allait servir de coussin aux pieds de Luna.

Et pendant qu'ils dormaient tous ainsi, la noire locomotive poursuivait son chemin dans la nuit et les emportait à toute vapeur à travers les plaines arides de la Sologne, à travers les riches vignobles de la Bourgogne, et le beau pays de Provence. Ils avaient changé d'atmosphère, de province, de ciel sans qu'ils en eussent conscience. Alberte se réveilla en sursaut en entendant crier : « Avignon! » Elle ouvrit les yeux. Dans le wagon, ce n'était plus tout à fait la nuit; un jour terne blanchissait les vitres, et cependant tout le monde dormait encore. La duchesse, enfoncée dans ses fourrures, demeurait la tête droite, les yeux fermés, absolument dans l'attitude de la veille; Pauline, affaissée dans son coin, coiffée de travers, respirait par saccades et avec accompagnement d'un léger reni-

la duchesse ouvrit tout à coup les yeux comme si elle se fût trouvée dans son salon, comme si elle n'avait jamais dormi, et regarda fixement Alberte. Quant à M. David, il ne fallut rien moins que la chute d'un paquet qui tomba du filet sur son petit dos pour l'arracher à son sommeil. Enfonçant son bonnet sur ses oreilles, il querella Pauline qui avait causé la chute

Les compagnons de voyage d'Alberte.

flement assez désagréable à entendre : Luna avait la tête sur l'épaule d'Alberte, et M. David, tout pelotonné sur la banquette, dormait les poings fermés.

La halte ne fut pas longue à Avignon et le train roula de nouveau. Alberte, qui fermait en vain les yeux sans pouvoir retrouver le sommeil, eut le plaisir d'assister au réveil de ses compagnons, ce qui l'amusa beaucoup. Luna s'agita la première, et bégayant le mot : maman, saisit le bras d'Alberte, qui se laissa faire en souriant; Pauline, dont la figure commençait à disparaître sous son petit chapeau, s'éveilla à force de se frotter le nez contre lequel flottait l'aigrette noire attachée à son feutre;

du paquet en fourrageant dans le filet; mais soudain une toux sèche se fit entendre dans le coin, à sa gauche. Il allongea la tête et trouva attaché sur lui le regard imposant de la duchesse. Ses plaintes s'arrêtèrent comme par enchantement, et il se mit à lutiner sa sœur en dessous, puis à sourire à Alberte comme à une vieille connaissance. Mais depuis qu'Alberte avait rencontré le regard calme et froid de sa tante, elle n'osait plus se rapprocher de Luna, ni sourire à David. Elle affectait de regarder au dehors, et ce dehors d'ailleurs l'intéressait vivement. Ce paysage aux tons gris et rougeâtres lui était étranger. Elle demanda le nom des petits arbres au feuil-

lage vaporeux et menu qui égayaient çà et
là le sol aride.

« Ce sont des oliviers, répondit la duchesse, mais non point ceux que nous
trouverons à Cannes. »

Elle termina cette phrase en portant la
main à sa bouche pour étouffer un bâille-
ment. Alberte, se rappelant à ce geste ce
que Morin lui avait recommandé, saisit une
boîte ronde et offrit une bouchée de chocolat à la duchesse. Celle-ci dégagea de
dessous ses fourrures sa montre constellée de diamants, et hocha négativement la
tête.

« Nous arrivons à Marseille et nous y
déjeunerons, répondit-elle.

Alberte ferma la boîte en se demandant
comment elle apprendrait son oubli à
Morin. Heureusement que, lorsqu'ils arrivèrent dans la gare de Marseille, il y eut
un tel mouvement de voyageurs vers le
buffet, que l'excellent homme ne fut occupé que de diriger sa maîtresse au milieu de
cette foule humaine, puis de faire servir à
déjeuner.

Quand la duchesse et Alberte firent leur
entrée dans les salles du buffet, qui est un
des plus vastes et un des plus élégants de
France, Morin les attendait, la carte à la
main. La duchesse, consultée sur son
mode de déjeuner, préféra s'asseoir à la
grande table d'hôte qui était à moitié vide
encore, que de rester dans la salle immense
du restaurant où se trouve le comptoir, où
il y avait foule et où les garçons couraient
à droite et à gauche, se glissant les mains
pleines entre les petites tables de marbre.
L'un deux faillit jeter une assiette de bouil-
labaisse sur la duchesse, qu'on bousculait
comme une simple mortelle, ce qui révol-
tait Morin. Aussi fut-il très heureux quand
il vit sa maîtresse assise au haut bout de la
table d'hôte.

Luna, David et Pauline s'étaient placés
non loin d'eux, et la duchesse saisit au
passage, entre deux services, le sourire
que Luna adressait à Alberte.

« Tu connais donc ces enfants ? demanda-
t-elle.

— Ma tante, ils ont voyagé avec nous.

— Ah ! oui, il me semblait les avoir vus
quelque part ; évidemment ce sont des
étrangers ; de quelle nation crois-tu qu'ils
soient ?

— Je ne sais pas, ma tante, ce sont peut-
être des Espagnols. Il y avait au Sacré-
Cœur de petites Espagnoles qui étaient
jaunes comme eux.

— Espagnols ! Non, répondit la duchesse,
ce petit garçon crépu a tout à fait le type
oriental : ce sont peut-être des Juifs. »

Alberte ne protesta pas. Elle trouvait
ses petits compagnons de voyage très gentils, bien qu'ils continuassent à se montrer
fort mal élevés. M. David acceptait de tous
les plats et renvoyait son assiette pleine
avec de laides grimaces ; Luna, après avoir
émietté du pain et des gâteaux, attaqua une
assiette de raisins secs et en fit son déjeuner, ce qui était simplement absurde après
une nuit passée en voyage ; Pauline, qui
déjeunait solidement avec les façons les
plus vulgaires du monde, les laissait faire
et ne s'en occupait plus.

Il fallait d'ailleurs se hâter : le train avait
eu du retard, ce qui arrive presque toujours, et l'arrêt était forcément raccourci.

Quand Alberte se retrouva en wagon,
elle chercha des yeux ses petits compagnons de voyage ; ils étaient debout sur le
quai, ils la regardèrent, lui sourirent, mais
ne la rejoignirent pas. L'attitude et la physionomie de la duchesse les avaient légèrement intimidés, et ils jugèrent à propos
de choisir un wagon plus commode pour
se livrer à leurs espiègleries.

A peine le train fut-il en marche qu'Alberte se consola de leur défection. Le pays
nouveau qu'elle traversait suffisait à occuper son attention. L'enchantement de cette
route unique qui va de Marseille à Gênes
en côtoyant la Méditerranée commençait,
et la petite fille était déjà trop sensible aux
beautés de la nature pour demeurer froide
devant de pareilles harmonies de ton et
de dessin. Des exclamations étouffées lui
échappaient sans cesse, sans cesse elle se
détournait pour essayer de communiquer

son enthousiasme à sa tante, mais bien inutilement.

La duchesse avait refermé les yeux, et les rideaux de cyprès, les lointains bleus, le ciel profond, les courbes gracieuses du rivage la laissaient également indifférente. A Agay elle daigna cependant regarder la petite flottille qui se balançait dans l'anse

charmante, mais elle remarqua que la Méditerranée était d'un bleu fatigant pour le regard.

Fatigant peut-être, mais délicieux et splendide.

Ce bleu ravissait Alberte ; penchée contre le vasistas, elle épiait le moment où le chemin côtoyait les grèves blanches que le premier flot festonnait d'un feuillage d'argent. Malheureusement le jour tomba soudain et elle n'aperçut plus la mer que vaguement. Il faisait complètement nuit quand le mot : Cannes, retentit à leurs oreilles ; la duchesse consulta sa montre, il était cinq heures et demie.

Elles descendirent dans une gare mal éclairée et montèrent sur-le-champ dans la voiture qui les attendait. Elle roula pendant une demi-heure sur la route d'Antibes et s'arrêta devant une grille tout enguirlandée.

Alberte monta à la suite de sa tante un large escalier et une allée ascendante qui semblait tracée au travers d'une forêt, puis elles entrèrent dans une maison riante, gaie, élégante, pleine de lumière et de fleurs. Les peintures étaient éclatantes, les ornementations luxueuses. Cette villa paraissait féerique à l'enfant au sortir du vieil hôtel de la rue de Lille. Un dîner était servi dans une salle à manger des plus

coquettes ; la duchesse sembla ne se mettre à table que par pure convenance.

Alberte au contraire mangea avec appétit et elle aurait volontiers commencé une promenade par cette maison idéale, mais la duchesse était très fatiguée et elle donna l'ordre de tout fermer.

La petite fille fut conduite dans une jolie chambre du premier ; elle aurait bien désiré regarder, de son balcon à la blanche balustrade, de quelle couleur était le ciel de Cannes, le soir, et respirer l'air qui lui paraissait tout embaumé ; mais Morin, qui était fort préoccupé de la grande fatigue de la duchesse, ne céda point à son désir. Les persiennes demeurèrent bien closes, pas une étoile ne lui fut permise et elle se coucha docilement en témoignant de son ardent désir d'être au lendemain.

XIII

La villa de gauche.

Le lendemain Mme Morin, qui s'était chargée d'Alberte, fut dispensée d'employer la formule consacrée :

« Mademoiselle, sept heures sont sonnées, il faut vous lever. »

« Alberte aussitôt éveillée s'était levée, habillée le plus rapidement possible, et la dévouée femme de chambre la trouva au balcon, plongée dans une extase admirative. Elle promenait un regard ravi sur la mer, d'un bleu si franc et si profond, sur les îles aux caps arrondis, sur les villas perdues dans la verdure et déjà enguirlandées de fleurs, sur les bois d'oliviers au feuillage vaporeux, sur ce panorama magique qui fait de Cannes une sorte de petit Eden.

« Déjà levée, mademoiselle ! s'exclama Mme Morin.

— Je me lèverai toujours ainsi ; voyez donc, mais voyez donc comme c'est beau ! »

Mme Morin répondit flegmatiquement :

« C'est toujours comme cela à Cannes, mademoiselle.

— Et ma tante, comment va-t-elle? dit Alberte; elle sortira beaucoup, n'est-ce pas? J'aurai bien du plaisir à me promener avec elle par ce beau temps.

— Madame la duchesse est très souffrante, répondit Mme Morin, et je venais vous recommander de ne faire aucun bruit ni dans la maison ni dans le jardin.

— Je sortirai, ma bonne Louise, vous me laisserez sortir?

les bras, pour lui faire comprendre que Cannes n'était pas absolument la campagne.

Elle passa toute l'après-midi dans le jardin, qui était plus accidenté que vaste, mais qui renfermait des merveilles végétatives : il y avait des roses aux rosiers et beaucoup d'autres fleurs touchaient à leur épanouissement.

« Oh! je ne m'ennuierai jamais ici, dit

Alberte accourait.

— Dans le jardin, oui, à condition que l'on ne vous entende pas. »

Alberte, pour le moment, n'en demandait pas davantage, et elle commença gaiement son petit aménagement personnel. L'air était si doux qu'elle pouvait laisser sa fenêtre ouverte et faire de fréquentes visites à son balcon; au moindre bruit d'une clochette ou d'une roue dans le chemin, elle accourait avec l'objet dont elle s'occupait; elle y parut successivement une statuette entre les bras, un paquet d'ombrelles dans la main, et il fallait la vue d'un passant, riant de voir cette enfant rêveuse avec un grand atlas dans

la petite fille à Morin lorsqu'il vint lui annoncer que le médecin de Cannes avait consigné la duchesse dans son appartement; je regrette que ma tante soit malade, mais ce n'est pas comme à Paris, oh! du tout. »

Elle passa en effet plusieurs jours dans une solitude qu'elle trouva d'abord ravissante, puis un peu monotone.

La vie oisive qu'elle avait tant désirée commença de nouveau à lui peser. Elle obtint par Morin quelques promenades en voiture, et tous les jours elle partait en calèche découverte. Son petit air hautain et ennuyé la fit remarquer, et lorsqu'elle passait, on la baptisait la « petite duchesse ».

Quand Mme de la Rochefaucon se remit, Alberte était bel et bien livrée à un spleen d'un nouveau genre, mais à un spleen. Elle demeurait des heures entières sur un balcon avec des bouquets dans les mains et à moitié somnolente.

« Comment trouves-tu Cannes? lui demanda la duchesse le jour où elle fut assez bien pour prendre possession du salon situé au premier étage.

— Charmant, ma tante, tout à fait charmant; seulement.... »

Elle s'arrêta.

« Seulement? interrompit la duchesse.

— Seulement il n'y a pas d'enfants, il n'y a personne.

— Comment! mais Cannes est parfaitement habité : la colonie étrangère seule fournit un appoint de société des mieux choisis; j'ai déjà reçu vingt visites. »

Alberte hocha mélancoliquement la tête.

En effet, elle avait vu des voitures de tous les genres s'arrêter devant la haute grille, mais ses yeux n'avaient pas rencontré un jeune visage.

« Nous avons même pour voisins des personnes de ma connaissance intime, reprit la duchesse, et puisque tu veux voir le monde, je vais t'emmener chez le baron de Châteaugrand.

— De Châteaugrand, répéta Alberte avec joie. Jean et Roger seraient-ils à Cannes?

— Du tout, tu confonds les branches; Jean et Roger sont les fils du vicomte de Châteaugrand qui a épousé une de nos parentes; celui-ci est le baron de Châteaugrand, il n'a pas d'enfants.

— Pas d'enfants, répéta douloureusement Alberte en remontant dans sa chambre; je crois que ma tante fait exprès de ne connaître que des personnes qui n'ont pas d'enfants. Enfin, si c'est l'oncle Jean, il ne doit pas être trop vieux. »

Sur cette espérance, elle mit son chapeau, se ganta, prit une ombrelle, il faisait un soleil superbe, et rejoignit sa tante qui descendait le perron précédé par Morin. Il alla sonner à la porte de la villa de gauche, qui s'ouvrit comme par enchantement.

« Vraiment, dit la duchesse en montant lentement le large escalier de marbre, M. de Châteaugrand a le génie de la mécanique, le système qu'il a inventé pour ses portes fonctionne admirablement. »

Au moment même où elle faisait cette déclaration, une femme de chambre d'un aspect respectable descendit l'allée et s'avança au-devant de la duchesse.

« Bonjour, ma bonne Duval, dit la duchesse avec son affabilité de grande dame; je suis bien aise de vous retrouver chez le baron; ce n'est point votre mari qui est venu prendre de mes nouvelles?

— Madame la duchesse, mon mari ne quitte guère monsieur le baron.

— Est-ce qu'il souffre davantage de la goutte?

— Non, pas davantage; mais monsieur le baron fait poser Duval dans ses tableaux : voilà huit jours qu'il est costumé en Arabe et qu'il ne quitte guère l'atelier. »

Tout en parlant ainsi, elle avait introduit la duchesse dans un vaste salon, véritable musée d'antiques. Les bahuts vitrés, les lourdes étagères de chêne sculpté étaient surchargés de poteries, de bronzes, de médailles, de débris vénérables sans doute, mais surtout oxydés.

La duchesse prit un fauteuil et elle rappelait Alberte qui s'en allait regarder sous le nez un très étrange masque de pierre, quand une porte du fond s'ouvrit à deux battants : la petite fille ne put retenir un mouvement de dépit.

Le voisin était un vieillard impotent qui arrivait dans une chaise à roulettes poussée par un domestique coiffé d'un turban.

C'était du reste un beau vieillard aux grands yeux saillants et vifs, à la physionomie toute française.

« Madame la duchesse, vous êtes mille fois bonne de visiter un pauvre invalide, et pour ne pas vous faire attendre, j'arrive la palette à la main, s'écria-t-il ; comment vous portez-vous, ma voisine ?

— Mieux, beaucoup mieux ; ma santé a été très éprouvée par le voyage, mais je suis complètement remise. Et vous, mon cher baron, quelles nouvelles de la vôtre ? »

Le baron frappa de la main droite sur les couvertures enroulées autour de ses jambes.

« C'est fini, dit-il, malgré ce que veut bien dire le docteur qui tient à ne pas désespérer ma pauvre femme, je suis à jamais perdu.

— Monsieur le baron, les eaux vous ont fait beaucoup de bien l'an dernier, cependant. »

Le vieillard se mit à rire bruyamment.

« Toujours les médecins, répondit-il ; les médecins se concertent avec ma femme. Les eaux, madame, m'ont produit absolument l'effet d'un cataplasme sur une jambe de bois. Hé ! petite, vous riez, ajouta-t-il en se tournant pour regarder Alberte, qui, assise dans l'ombre de sa tante, ne lui était que vaguement apparue ; avancez donc un peu, que je vous voie. »

Alberte se leva et se plaça devant lui.

« Ma nièce Alberte, fille du comte de la Rochefaucon, dit la duchesse de sa voix de cérémonie.

— Il n'est, ma foi, pas difficile de reconnaître cette enfant-là pour une La Rochefaucon et elle ne fera pas mentir le proverbe : Belle taille, beaux yeux, bel esprit. Duval, si tu me débarrassais de ma palette, l'odeur de ces peintures incommode peut-être madame la duchesse. Ah ! voici ma femme. »

Par la porte qui s'était déjà ouverte pour livrer passage au fauteuil roulant de M. de Châteaugrand, était entrée une femme d'une cinquantaine d'années, encore très gracieuse et très vive de mouvements et de démarche.

Elle salua aimablement et respectueusement la duchesse, et aperçut tout de suite Alberte, qui lui fut présentée et à laquelle elle fit le plus amical accueil. Puis elle s'assit à droite de la chaise roulante et,

tout en causant de l'indisposition de la duchesse, elle se livra à son petit manège de garde-malade. D'un tour de main elle releva les oreillers et serra les couvertures dérangées par les brusques mouvements du vieillard.

Ses mains glissaient partout si adroitement, que l'arrangement était fait avant que l'infirme s'en aperçût.

La conversation s'engagea sur la colonie aristocratique que Cannes avait l'honneur de posséder. Mme de Châteaugrand paraissait avoir une mémoire excellente, elle savait par cœur toutes les arrivées et les départs et ce qu'il était débarqué d'habitants de passage dans telle ou telle villa.

Tout à coup elle dit à la duchesse :

« Peut-être ignorez-vous, madame la duchesse, le nom de la personne qui se présentait pour louer votre villa Saint-Louis.

— Je l'ignore absolument. J'ai seulement reçu une dépêche du propriétaire me disant : Villa Saint-Louis demandée, mais vous laisse la préférence. J'ai trouvé cela fort délicat de sa part.

— Ce procédé ne rentre pas en effet dans les procédés ordinaires des propriétaires, dit Mme de Châteaugrand en souriant, aussi je puis en revendiquer l'invention.

— Vous, madame ?

— Moi. Ma nièce de Châteaugrand ne se plaît pas à Menton cette année, elle est souffrante à son tour et elle désire se rapprocher de nous.

— Ce petit Jean n'est donc pas guéri ! »

Mme de Châteaugrand hocha tristement la tête.

« Jean, dit tout à coup une voix timide, la voix d'Alberte, Jean est malade ! »

Tous les regards se tournèrent vers elle, elle devint très rouge.

« Vous connaissez Jean de Châteaugrand, mademoiselle ? dit le vieillard d'un ton encourageant.

— Oui, monsieur, je l'ai vu chez ma tante à la Rochefaucon. Il était le parrain de toutes mes poupées.

— Jean est bien malade, répondit

Mme de Châteaugrand. Puisque sa mère désire tant se rapprocher de nous, c'est qu'il est bien malade.

— Bien malade! s'écria le vieillard, pouvez-vous parler ainsi, Marie-Caroline? Vous vous laissez gagner par les idées déraisonnables de sa pauvre mère. « Madame la duchesse, je vous en fais juge. Voilà un brave garçon qui se portait comme un charme, mais qui s'engagea à seize ans dans l'armée de la Loire. Il a guerroyé toute la campagne, ce cadet, et de la plus brillante façon. Vous comprenez que bivouaquer dans les boues de Conlie, passer les nuits dans les haies, se battre à Loigny, à Patay, l'ont surmené et qu'il est revenu de là maigre comme un clou et les bronches endommagées. Mais à son âge on revient de pareils assauts, et je ne suis pas inquiet du tout. Il n'y a pas en ce garçon l'étoffe d'un poitrinaire. Un poitrinaire! Jamais de la vie un Châteaugrand n'a manqué par la poitrine. »

Et le vieillard ramena violemment ses deux mains sur sa vaste poitrine, ce qui en fit sortir un son plein, qui fit tressaillir Alberte sur sa chaise.

« Il y a des maladies de poitrine qui viennent accidentellement », dit Mme de Châteaugrand.

M. de Châteaugrand ôta son bonnet grec, et, saluant sa femme : « Vous le voulez, c'est bien, dit-il, n'en parlons plus. »

« Vous n'avez point trouvé d'autre villa pour Mme de Châteaugrand? demanda la duchesse.

— Non, madame, du moins dans les conditions de voisinage, d'aménagement désirables. Ma nièce est fort bien établie à Menton et hésite un peu à changer. Cependant elle commence à se ressentir elle-même de la fatigue extrême qu'elle se donne avec son fils, et son courage, qui a été admirable, faiblit, je le sens. Elle avait beaucoup espéré de cette troisième année, et les résultats ne la satisfont pas. Dans cette nouvelle phase très douloureuse, elle désire naturellement se rap-

procher de nous, et nous avons mis notre maison à sa disposition.

— Je m'étonne qu'elle n'ait pas encore répondu à notre proposition, remarqua le baron, voilà quatre jours que votre lettre est partie.

— Vous savez, madame, que si vous les recevez, et que quelque chose vous fasse défaut, tout chez moi est à votre disposition, dit la duchesse en se levant.

— Vous êtes mille fois trop bonne, madame; mais ce n'est pas sous ce rapport que j'ai craint d'offrir ma maison à Thérèse; je craignais bien plutôt la présence d'un malade pour M. de Châteaugrand.

— Et vous aviez mille fois tort, dit le baron en se découvrant de nouveau pour saluer la duchesse, un malade de ce genre ne saurait m'être désagréable, au contraire. Madame la duchesse, j'ai l'honneur de vous saluer, vous me voyez désolé de ne pouvoir vous offrir le bras pour vous reconduire. »

La duchesse lui tendit la main et s'éloigna, accompagnée par Mme de Châteaugrand, qui la reconduisit jusqu'à la porte extérieure.

La visite avait beaucoup intéressé Alberte, elle y pensa toute l'après-midi en arpentant les terrasses du petit jardin, Jean de Châteaugrand allait peut-être venir à Cannes, cette perspective l'enchantait. Si le malheur voulait qu'il ne vînt pas, c'en était fait, elle n'avait qu'à se résoudre à ne jamais voir que des paralytiques et des femmes en cheveux blancs.

Comme elle faisait pour la vingtième fois cette réflexion mélancolique, des rires s'élevèrent du jardin de la villa de droite. Ce n'était pas la première fois qu'Alberte entendait ces voix et ces cris joyeux qui lui avaient appris que là du moins il y avait des enfants; mais en ce moment elle se sentit prise pas la curiosité.

Elle eut la pensée de monter sur une murette couverte de plantes grimpantes, d'où son regard plongea dans le jardin voisin. Elle aperçut une balançoire, qui, lancée à toute vitesse, décrivait de larges courbes sur le fond vert des palissades; dans cette balançoire elle crut reconnaître le paletot marron, le nez aquilin, la figure jaune et les cheveux crépus de M. David. Il lui sembla aussi entendre une petite voix perçante prononcer son nom; mais en

ce moment intéressant Morin parut sur le perron, une serviette roulée dans la main. Le dîner était servi, et après le dîner le dehors était défendu à cause du serein.

Alberte sauta à bas de la murette et rentra docilement, mais en se promettant de remonter le lendemain sur son observatoire pour s'assurer que ses yeux et ses oreilles ne l'avaient pas trompée.

XIV

Conquête.

LE lendemain Alberte fut très matinale. Monter sur les murailles était un exercice que n'aurait point approuvé la duchesse, dont les fenêtres donnaient précisément de ce côté. L'enfant commença par s'assurer que les persiennes de sa tante étaient encore hermétiquement closes, puis elle alla rôder dans l'allée peu fréquentée qui longeait la murette de séparation, devenue un véritable fouillis de feuillages. Il lui semblait entendre un léger murmure de voix enfantines.

Tout à coup elle se trouva en face d'un moyen d'ascension des plus faciles. Des pierres plates enfoncées en spirale entre les moellons formaient un escalier très sûr pour son pied léger; elle le gravit prestement et arriva sur le faîte du mur au moment même où un enfant y apparaissait de l'autre côté. A la vue inopinée d'Alberte, il recula machinalement, perdit pied et roula dans un massif. Alberte, qui avait reconnu M. David, descendit rapidement la courte échelle qui avait servi de moyen d'escalade au petit garçon, et arriva près de lui en même temps que Luna, qui, de l'allée, avait assisté à la chute.

« Ce n'est rien, ce n'est rien, je n'ai pas de mal », criait David en se démenant comme un petit diable parmi les branches de lierre et les lianes.

Cette verdure épaisse avait, en effet, amorti sa chute, et il en sortit sain et sauf, mais si rouge et si ébouriffé, que Luna et Alberte partirent d'un grand éclat de rire.

M. David fronça ses noirs sourcils en se recoiffant d'un large et souple panama qui avait remplacé sa toque fourrée.

« Je n'avais pas entendu votre voix ce matin, dit enfin Alberte, qui comprit que son hilarité blessait le petit garçon; si vous aviez parlé, je ne serais pas montée si vite sur le mur. »

En disant cela elle tendait la main à David, qui sauta dans l'allée et se mit à raconter comment Luna et lui avaient cru reconnaître Alberte dans le jardin de la villa Saint-Louis, et comment ils s'étaient arrangés pour porter, à l'insu de Pauline, une petite échelle qui leur permit de monter sur le mur.

Cette explication donnée, les deux enfants voulurent entraîner Alberte hors de ce fourré, mais elle résista. Elle avait trop le sentiment des convenances pour oser faire un pas de plus, sans permission, dans ce domaine étranger.

« Mais vous reviendrez? » dirent ensemble Luna et David d'un ton suppliant.

Et pour l'y engager ils se mirent à énumérer tous les moyens de distraction dont ils disposaient. Il y avait un gymnase complet avec balançoires russes, une voiture légère traînée, dans le parc même, par Fakir, le poney corse de David, une grotte enfin qui leur appartenait en propre et où ils avaient déposé tous leurs jeux. Alberte les écoutait en souriant et jetait des regards émerveillés autour d'elle.

Le domaine était grand à lui seul comme plusieurs villas, et de l'endroit où elle était, elle apercevait la maison rose comme dans un lointain.

« Vous reviendrez, vous reviendrez, dirent les enfants, lorsqu'ils la virent remettre le pied dans le fourré.

Alberte monta vivement l'échelle, se détourna pour sourire aux enfants et descendit par le petit escalier.

Morin la cherchait par le jardin, l'heure du déjeuner était sonnée et il s'inquiétait de son absence. Alberte courut à la salle à manger. Elle souhaita gaiement le bonjour à sa tante, qui lui fit compliment sur la parure de feuilles vertes jetée sur ses cheveux. Alberte rougit, et dit gravement :

Il roula dans un massif.

— Je l'espère. Votre maman fait-elle des visites ?

— C'est notre tante Susannah qui est avec nous et notre oncle James, répondit Luna. Ma tante fait des visites toute la journée. Nous aurons aussi des matinées, vous viendrez à nos matinées.

— Je ne sais pas, c'est ma tante qui en décidera.

— Connaissez-vous la princesse Blanche, de la villa des Lys ? demanda David.

— Ma tante de la Rochefaucon la connaît beaucoup, elle en parle souvent.

— Nous allons à ses matinées, vous y viendrez peut-être aussi.

— Peut-être. Adieu ! »

« C'est que j'ai passé sous les arbustes, ma tante. Ce matin, savez-vous que j'ai fait une grande découverte ?

— Laquelle ?

— Vous vous rappelez mes petits compagnons de voyage ?

— Les petits Orientaux, parfaitement.

— Ils habitent la villa à droite, je ne sais pas son nom.

— La villa des Cactus, une des belles habitations de Cannes.

— C'est bien beau, en effet... cela paraît bien beau. »

Alberte but un grand verre d'eau et reprit :

« Est-ce que vous me permettriez de jouer avec eux, ma tante? »

La duchesse, qui était occupée à détacher délicatement la chair attachée à son aile de poulet, ne fit d'autre réponse qu'un hochement de tête négatif.

« Ils sont bien gentils! continua Alberte désappointée.

— Peu distingués, mon enfant, très peu distingués; puis ce sont des étrangers. On ne reçoit des étrangers qu'à bon escient. »

Alberte vit qu'elle n'obtiendrait rien en ce moment; elle continua de déjeuner en silence, se promettant bien de revenir à la charge et surtout de mettre Morin dans ses intérêts.

Après le déjeuner elle suivit Mme de la Rochefaucon dans le jardin en lui prêtant son épaule comme appui. Le temps était si radieux, que la duchesse s'assit quelques instants sur la seconde terrasse. Elle avait à peine pris place dans son fauteuil de bambou, que la sonnette de la grille se fit entendre.

« A cette heure ce ne peut être que Mme de Châteaugrand, dit la duchesse; avance un fauteuil, Alberte. »

Alberte obéit; mais elle demeura tout à coup saisie, son fauteuil dans les bras, en apercevant le visiteur, qui n'était autre que M. David, qui s'avançait gravement, suivi par un nègre immense en éclatante livrée.

Elle s'empressa d'abandonner le fauteuil et se rapprochant de sa tante :

« Ma tante, c'est notre petit voisin », glissa-t-elle dans l'oreille de Mme de la Rochefaucon.

Et elle sourit à David qui avait mis le chapeau à la main.

« Madame, dit-il de sa petite voix cuivrée, une de mes balles est tombée dans votre jardin, voulez-vous me permettre de la ramasser?

— Certainement. Savez-vous où elle est tombée, monsieur?

— Oui, madame », répondit David.

Il regarda son domestique noir et étendant son petit bras vers le mur par un geste de commandement :

« Tom, dit-il en anglais, va la chercher là.

— Veuillez vous asseoir, monsieur, dit la duchesse avec amabilité, et remettez votre chapeau, car le soleil est déjà chaud. »

David obéit.

« Aimez-vous Cannes, monsieur? demanda la duchesse, à laquelle l'aplomb de David ne déplaisait pas.

— Beaucoup, madame; j'ai des chevaux à Londres, un très beau gymnase, mais je n'ai pas mon bateau; aussi je m'amuse davantage ici.

— Et mademoiselle votre sœur aussi?

— Je crois que oui, madame; mais Luna avait à Londres beaucoup d'amies qu'elle regrette. »

Il jeta un coup d'œil vers Alberte et ses grosses petites lèvres remuèrent; mais aucune parole n'en sortit.

En ce moment, Tom s'encadra entre deux jeunes eucalyptus. Il avait une énorme balle multicolore à la main.

David se leva, inclina sa petite tête crépue devant la duchesse et descendit gravement l'allée.

Mais se détournant tout à coup.

« Mon oncle et ma tante m'ont dit, madame, que si Mlle Alberte aime la balançoire, notre gymnase est à sa disposition.

— Veuillez remercier M. votre oncle et Mme votre tante », répondit la duchesse.

Sur cette réponse énigmatique, David et son laquais s'éloignèrent.

La duchesse regarda Alberte en riant.

« Il est vraiment étrange, ce petit homme, dit-elle. En wagon, il se tenait si mal, que je l'avais jugé fort commun. Je me demande ce que c'est que cette famille. Évidemment ce sont des Orientaux. Je n'ai jamais reçu d'Orientaux chez moi, du moins je ne le crois pas.

— Ils sont peut-être Espagnols, dit Alberte craignant de voir s'accomplir le naufrage de ses espérances dans cette question de nationalité.

— Peut-être, mais il y a tant à dire maintenant sur cette pauvre Espagne. J'ai connu beaucoup de familles espagnoles; mais c'était avant le règne d'Isabelle.

— Hélas! pensait Alberte, le règne d'Isabelle va-t-il se mettre au travers des montagnes russes et de la balançoire? »

Sa physionomie exprima sans doute toute son appréhension, car la duchesse reprit :

« Cela t'amuserait donc bien d'aller chez ces petits Orientaux?

— Oh oui! ma tante; ils sont très gentils, et c'est si près, d'ailleurs; oui, oui, cela m'amuserait beaucoup.

— Il ne faudrait jamais prendre cet amusement que dans certaine mesure.

— Je ne les verrais qu'avec votre permission, ma tante.

— Et tu ne me les amènerais jamais?

— Jamais.

— Eh bien! va me chercher Morin. »

Alberte courut à la maison et en ramena Morin.

« Morin, dit la duchesse, allez, je vous prie, chez Mme de Châteaugrand, et demandez-lui de ma part quelques renseignements précis sur nos voisins de la villa des Cactus. »

Morin s'inclina et disparut.

« Mme de Châteaugrand m'a toujours été extrêmement précieuse pour ce genre de renseignements, reprit la duchesse; elle connaît la colonie française et étrangère sur le bout du doigt, c'est extrêmement commode. Hier elle m'a fait demander où se trouvait ta sœur. C'est à Dublin, je crois.

— Non, ma tante, c'est à Edimbourg.

— Elle aurait beaucoup mieux fait de venir faire une saison à Cannes. Mais Madeleine n'aime pas Cannes, elle préfère Nice; elle est mondaine, Madeleine, par trop mondaine.

— Elle s'ennuie tant!

— Évidemment, c'est la mode de s'ennuyer : triste mode. As-tu répondu à sa dernière lettre?

— Pas encore, ma tante.

— Eh bien, dis-lui que je ne puis lui écrire, mais que je l'engage à quitter l'Écosse au plus vite. On ne voyage pas en Écosse en cette saison, il faut être Madeleine pour cela. Les voyages, comme le reste, sont soumis à une réglementation nécessaire. L'hiver, l'Italie ou le Midi: le printemps, Paris; l'été, Londres, les eaux ou la campagne; l'automne, la Suisse, l'Allemagne, l'Écosse. »

Morin, qui venait d'apparaître sous le berceau, tendit à la duchesse un papier satiné plié en triangle. La duchesse l'ouvrit, chercha son pince-nez et finalement donna le papier à Alberte.

« Les Louzéma, famille indienne, lut Alberte, alliée à de bonnes familles de Londres, reçue par la colonie anglaise. Commerce de diamants sur une grande échelle, maison puissante et fabuleusement riche. La jeune femme très bien, éducation européenne, restée à Londres cette année. La tante, Anglaise des Indes, personne insignifiante, un peu ridicule, mais très bonne, l'oncle, personnage muet, mais généreux à l'occasion, échangent des visites avec nous depuis trois ans.

— Indiens, ils sont Indiens! dit Alberte; ah! mon Dieu!

— Eh bien! les Indiens ont été un grand peuple. Je les aime mieux Indiens. Les rajahs dans l'Inde sont de petits souverains.

— Des rajahs! répéta Alberte, pourrai-je les voir, ma tante?

— Je ne dis pas non maintenant. Alberte, le soleil devient bien ardent, il faut rentrer. Si tu allais écrire à ta sœur? »

La duchesse se leva en disant ces paroles et Alberte, après l'avoir reconduite, monta dans sa chambre et écrivit une longue lettre à Madeleine. Naturellement la famille indienne y tint une grande place, Luna et David y furent peints de pied en cap. Depuis qu'elle était séparée de sa sœur, elle mettait un certain amour-propre à paraître enchantée de son sort et ne lui peignait sa vie qu'en beau. De ses longs ennuis, de son isolement, il n'était jamais question. Il fallait convaincre Mme de Valroux qu'Alberte n'avait pas perdu à l'échange.

Cette lettre écrite, elle courut dans le jardin et se mit à fredonner tout en cueillant des violettes. Tout à coup des grains de sable lancés de l'autre côté du mur tombèrent en pluie sur le feuillage du

lierre. Alberte répondit à ce message de la même façon et bientôt Luna et David apparurent sur le faîte du mur. Alberte les rejoignit, s'assit sur la dernière marche de son escalier et leur donna à entendre que si M. et Mme Louzéma faisaient une visite en règle à sa tante, on lui permettrait d'aller jouer avec eux.

« J'enverrai demain ma tante vous demander de venir promener dans mon bateau, dit David. Êtes-vous comme Luna, avez-vous peur de la mer?

— Non, je l'aime », répondit Alberte.

Ils continuèrent à former les projets les plus enchanteurs. Évidemment la petite duchesse faisait beaucoup d'effet auprès de Luna et de David, et pour Alberte, cette société enfantine était un véritable bonheur. Ils se séparèrent en se disant : « A demain ».

XV

Les poses d'Alberte.

LE lendemain ils se revirent toujours à l'ombre du lierre et, le surlendemain, la porte du salon de la villa Saint-Louis s'ouvrait devant M. et Mme Louzéma.

En apercevant la femme qui s'avançait péniblement vers elle, la duchesse ne put retenir un certain mouvement des lèvres qui était chez elle la manifestation d'une vive contrariété. C'est que la duchesse n'était point de ces duchesses de fantaisie qui peuplent les romans et les drames modernes, elle conservait chez elle et autour d'elle les traditions du bon ton, du bon goût, de la bonne compagnie; et comment son regard n'eût-il pas été choqué par cette dame à l'allure nonchalante, à la toilette aussi grotesque que riche, au visage peint et maquillé? Quelle couche de rose elle avait sur les lèvres et sur les joues! quel noir aux cils et aux sourcils! quant au blanc, il régnait partout. Elle faisait positivement l'effet d'un masque. Le mari était jaune, mais bon teint. David était sa parfaite ressemblance, moins la vivacité de la physionomie. M. Louzéma avait une vraie figure de bronze, encadrée entre une paire de favoris énormes d'un noir de jais. Généralement, il regardait attentivement son chapeau placé sur sa canne ou le bout de ses bottes. Ce mutisme, cette roideur ne déplurent pas à la duchesse, et le mari sauva par son attitude celle de sa femme, beaucoup moins correcte au point de vue du grand monde. Avec un accent anglais des plus prononcés, elle parla à la duchesse des fêtes de Nice, de Monaco, de la société américaine qui s'y donnait rendez-vous, et dans ses appréciations elle heurta en tout et de la meilleure foi du monde les idées de la noble dame, trouvant charmant ce pêle-mêle social et exaltant la beauté de certaines fêtes dont la description faisait frémir les papillotes de neige de la duchesse.

Finalement elle parla d'Alberte, du bonheur qu'éprouveraient son neveu et sa nièce à la voir quelquefois, et fit l'invitation à une partie de bateau et à une matinée prochaine.

« La mer m'inspire un certain effroi, dit la duchesse; êtes-vous bien sûre de vos rameurs, madame? »

Mme Louzéma regarda son mari, qui retrouva enfin la parole.

« Ils sont sous mes ordres, madame la

ILS REVINRENT SOUS LE MÊME PARAPLUIE.

duchesse, dit-il d'une voix caverneuse, jamais les enfants n'embarquent sans moi. »

Cette intervention détermina l'acceptation de la duchesse, et Alberte eut l'immense joie de lui entendre dire qu'elle l'enverrait le lendemain à l'heure indiquée à la villa des Cactus.

Sitôt que la porte se fut refermée derrière les visiteurs, Alberte remercia sa tante avec effusion.

« Cette dame Montézuma, dit la duchesse avec une gravité qui fit sourire Alberte, a une toilette et un genre... »

Elle toussa légèrement.

« Mais lui, c'est un véritable Indou et en cela il ne me déplaît pas. Cependant je ne te laisserai pas aller seule chez ces étrangers, Morin t'accompagnera et tu me rendras fidèlement compte de leurs manières d'agir. Je ne veux point, pour t'amuser, t'exposer à prendre un genre qui ne me conviendrait aucunement. Ouvre donc la fenêtre, cette dame a étrangement parfumé mon salon : ce n'est pas ainsi qu'on se parfume. »

Comme elle faisait cette déclaration, Morin introduisit Mme de Châteaugrand. Elle arrivait en voisine, coiffée de son chapeau de jardin.

« Madame, je vous demande pardon de venir vous surprendre ainsi, dit l'aimable petite dame, mais M. de Châteaugrand désire vivement faire poser Alberte, et je viens la quérir.

— Alberte, veux-tu poser? demanda la duchesse.

— Oui, ma tante, si cela vous fait plaisir ainsi qu'à M. de Châteaugrand.

— Mon enfant, vous le ravirez, dit Mme de Chateaugrand. La petite fille que je dois tenir dans mes bras est beaucoup trop petite, on ne la voyait pas, il y a tant de draperies dans les costumes algériens! Aussi depuis que mon mari vous a vue, il rêve de vous donner ce personnage dans ce tableau, auquel il attache une grande importance. »

Alberte sortit avec Mme de Château-

grand, qui la conduisit droit à l'atelier, — une grande pièce contiguë au salon, où M. de Châteaugrand, assis dans son fauteuil roulant, peignait avec ardeur. Duval, le visage noirci par une composition quelconque, brandissait un cimeterre en roulant des yeux hagards.

« Fronce donc un peu les sourcils, Duval! criait le baron, tu as l'air d'un cuisinier qui embroche tranquillement une volaille, tu me feras manquer le musulman. »

En ce moment, entraient Mme de Châteaugrand et Alberte. Le vieillard laissa tomber la main qui tenait son pinceau et sous ses grosses moustaches sourit à Alberte.

« On ne peut être plus aimable, dit-il; ce pauvre Duval n'en peut plus et je vais attaquer un groupe de femmes, celui du premier plan. Duval, laisse-là ta défroque arabe, va te laver la figure et retourne à tes fourneaux. »

Duval, sans songer à dissimuler sa joie, jeta là son cimeterre, enleva son turban et disparut.

« Ce bon Duval fait ce qu'il peut, reprit le baron en se renversant sur son fauteuil, mais il ne sera jamais d'un bon effet dans une scène militaire. Approchez, petite, et dites-moi ce que vous pensez de ce tableau-là. »

Alberte alla se placer à ses côtés et regarda la toile ébauchée.

« Cela me paraît très beau », dit-elle.

La scène peinte par M. de Châteaugrand ne manquait pas de vie, de mouvement, et de vérité. Ce n'était point, tant s'en fallait, une page de Pils ou d'Horace Vernet; comme il l'avait dit, c'était de la bonne peinture d'amateur, que dans son ignorance Alberte trouva magnifique.

« Vous voilà ici, madame, dit-elle à Mme de Châteaugrand en dirigeant le doigt vers la gauche du tableau.

— Oui, oui, c'est elle, répondit joyeusement M. de Châteaugrand, et ce grand diable d'officier, là, à droite dans le groupe de l'état-major, ne le reconnaissez-vous point? »

Alberte considéra gravement l'officier supérieur qui lui était indiqué, et se détournant tout à coup vers le vieillard.

« C'est vous, monsieur », dit-elle.

M. de Châteaugrand parut enchanté.

« A-t-elle du coup d'œil, cette petite! dit-il en caressant sa grosse moustache; car enfin entre le portrait qui m'a servi de modèle et l'original actuel il y a une fière

fou rire la saisit; mais la physionomie résignée de l'épouse dévouée lui fit comprendre que ce n'était point un jeu, et elle reprit à grand'peine un air sérieux.

Lorsqu'elles furent posées, le baron les examina, puis donna ses dernières instructions, avec une vivacité toute juvénile, et en tourmentant son bonnet grec, auquel il s'en prenait toujours :

La visite de Mme Louzéma.

différence! Que regardez-vous, Alberte?

— Ce joli cheval, dit-elle, il est tout seul.

— Soyez tranquille, il sera monté et bien monté par l'aide de camp du maréchal de Bourmont, représenté par Jean de Châteaugrand. »

Comme il prononçait ces paroles, la femme de chambre arriva et Mme de Châteaugrand s'enroula dans ses vêtements arabes; Alberte revêtit un costume analogue et prit la pose indiquée. Mme de Châteaugrand, à demi agenouillée, pressait l'enfant entre ses bras par un geste de protection. Quand Alberte se trouva enroulée dans ces draperies blanches, un

« Ma chère, fléchissez un peu, ce n'est pas en suppliante que vous êtes là, serrez Alberte; Louisa, baissez donc cette draperie, l'enfant doit avoir le front entièrement couvert. Quel paquet y a-t-il dans ce coin? déroulez ce vêtement, pas comme cela; drapez donc! ah! si j'avais les pieds libres. Alberte, regardez un peu en haut; pourquoi baissez-vous les yeux comme cela? vous devez regarder les soldats français. Marie-Caroline, ne vous endormez pas, je vous prie; ce pli sur l'épaule est ridicule; Louisa, tirez, mais tirez donc! pas plus que Duval vous n'avez le sentiment du drapé. Ce n'est pas mal ainsi. Alberte, vous bougez, la figure un peu plus de trois quarts! ne vous pincez pas la bouche, c'est affreux! vous avez juste la taille qu'il faut, j'ai mon groupe. Louisa, sauvez-vous, et pour rien au monde ne venez nous déranger. »

Sur ces dernières paroles, le vieillard se mit à dessiner. Dans le courant de la pose, il gronda beaucoup sa femme, qu'il

rendait responsable de tous les mouvements d'Alberte.

Celle-ci admirait la patience de Mme de Châteaugrand et faisait aussi de son mieux, tout en désirant que cela finît bientôt. Ce fut un véritable bonheur pour elle de se dépouiller des draperies qui l'étouffaient. Elle vint regarder sa silhouette que M. de Châteaugrand déclarait des plus réussies.

« Viendrez-vous demain, petite? lui demanda-t-il aimablement.

— Demain, je passe ma journée chez les petits Indiens de la villa des Cactus, répondit vivement Alberte, qui frémissait à la pensée de recommencer.

— Après-demain, alors.

— Oui, monsieur, après-demain, répondit Alberte qui, comme tous les enfants, trouvait toujours qu'un surlendemain était une date éloignée. »

Mme de Châteaugrand conduisit Alberte dans la salle à manger. Des fruits, des gâteaux lui furent offerts. La bonne dame essayait à force d'amabilité de lui faire oublier l'ennui de la séance. Tout à coup elle lui dit :

« Alberte, si cela vous ennuie pour après-demain, vous arrangerez quelque partie avec les petits Indiens et vous en aurez jusqu'à la semaine prochaine, car, naturellement, M. de Châteaugrand ne peint pas le dimanche.

— Madame, que vous êtes bonne! » dit Alberte avec effusion.

Et elle ajouta pensivement :

« Quand je pense que vous posez tous les jours.

— Et souvent plusieurs fois par jour; mais je suis trop heureuse de voir mon pauvre mari si occupé. Mon rôle de garde-malade est beaucoup plus facile depuis qu'il peint. »

Nous ne savons pas ce que c'est que d'être cloué sur un fauteuil toute la journée.

« Madame, je viendrai poser demain si vous le voulez bien, s'écria Alberte.

— Non, passez une bonne journée chez les Louzéma, puisque votre tante le permet, j'irai vous chercher lorsque vous serez indispensable. »

Sur ces amicales paroles, elles se séparèrent.

XVI

Le revers de la médaille.

CE fut avec une joie bien sentie qu'Alberte franchit enfin la grille dorée de la villa des Cactus. Suivie par le solennel Morin, elle monta jusqu'à l'esplanade qui formait à l'élégante habitation une véritable cour d'honneur. Sous une véranda, meublée en saison d'été, se trouvaient Mme Louzéma et Luna, qui accueillirent Alberte avec de véritables transports de joie. Mme Louzéma, toute fraîchement peinte, bouclée à l'enfant, et revêtue d'un peignoir de cachemire rose, était renversée à l'indienne dans un fauteuil-balançoire et regardait vaguement, sans se donner la fatigue de l'admirer, le ravissant paysage qui se déroulait devant elle.

Bientôt arrivèrent M. Louzéma et David en costume classique de nautonier. Ce dernier avait des ancres brodées au collet de son habit et au revers de ses manches, une casquette qui portait en lettres d'or le nom de l'embarcation : *la Perle*, et une large vareuse bleu clair, bouffante, qui, cómme son grand paletot marron à boutons d'or, accablait sa toute petite personne.

Peu après leur arrivée dans la véranda, le large guéridon de mosaïque placé à la portée de la main de Mme Louzéma se couvrit instantanément de friandises exotiques et indigènes. Des domestiques noirs, jaunes, blancs, allaient et venaient en silence, et Alberte s'amusa beaucoup des

glorieusement chargé de sa petite rame. Ils sortirent de la propriété, traversèrent le chemin et gagnèrent par un étroit sentier une petite anse où se balançait *la Perle*, une élégante embarcation dont David était le capitaine et M. Louzéma le pilote.

« Voulez-vous aller aux îles, mademoiselle? demanda M. David en touchant du doigt sa casquette à galon doré.

Mme Louzéma était renversée à l'indienne.

faits et gestes d'un petit garçon d'un jaune doré qui semblait attaché au service particulier de David et qui glissait entre les sièges avec une souplesse de petit chat.

« Boulboul, ma rame » lui dit tout à coup David qui savourait un sorbet.

L'enfant jaune disparut et se représenta portant sur l'épaule une petite rame fine et blanche à la poignée brillante.

M. Louzéma regarda sa montre, et, se levant, tendit silencieusement la main à sa femme. C'était le signal du départ. Alberte congédia Morin qui était chargé de s'assurer que l'oncle faisait partie de l'expédition nautique, et, Luna à son bras, suivit M. Louzéma et David, qui s'était

— C'est bien loin, il me semble, répondit Alberte qui n'était pas ferrée sur la navigation.

— C'est tout près, si nous avons le vent en poupe, répondit David. Aurions-nous le vent en poupe pour aller aux îles, Tom, ajouta-t-il en se tournant vers le grand nègre occupé à dérouler la voile?

— Non, mon capitaine, il faudra louvoyer, répondit Tom en bon français.

— Alberte aimerait mieux aller jusqu'à la Napoule dit Luna. On passe devant Cannes, on voit toujours des maisons et des arbres, c'est très joli.

— Oui, j'aimerais mieux cela, dit Alberte... si M. Louzéma y consent, ajouta-t-elle en regardant l'oncle assis sur un large pliant.

— C'est moi qui commande à bord de *la Perle*, répondit David gravement, mon oncle va où l'on veut. »

M. Louzéma sourit et hocha plusieurs fois la tête en signe d'assentiment. Puis il alluma sa grande pipe d'écume de mer et pendant toute la promenade il ne fit que cela : fumer avec une gravité de bronze, et, de loin en loin prononcer avec David des mots d'une langue étrangère qu'Alberte n'avait jamais entendue.

Ils voguèrent ainsi pendant des heures, pour le seul plaisir de voguer, de glisser sur la surface azurée et brillante de la Méditerranée. Ils passèrent devant Cannes, si gracieusement appuyée contre les montagnes des Estérelles, ombragée par de pittoresques coteaux plantés d'oliviers et de sapins, et baignée par cette mer caressante qui l'enveloppe d'azur.

La Perle, passant devant Cannes, fit le tour du golfe de la Napoule. Il y avait des petites manœuvres à faire qui amusaient David. Quant à Alberte et à Luna, elles s'amusaient à voir les jeux de lumière sur la vague et se faisaient nommer tout ce qui attirait leur attention.

Alberte surtout regardait le paysage avec ravissement et laissait parler Luna, qui ne jouissait pas comme elle de cette radieuse beauté de la nature.

Ils sont bien heureux, mais ils sont rares, les êtres à qui Dieu a donné cette merveilleuse faculté de comprendre pleinement la splendeur de sa création; ils possèdent un trésor que la cécité physique peut seule leur enlever. Sans être peintres ils comprennent la magie des couleurs, sans être musiciens ils aspirent l'harmonie pénétrante de cette musique dont les notes sont écrites par la brise, le flot, la tempête, ou plutôt ils sont tout cela et plus encore, car cette création, regardée indifféremment, hélas! par tant de créatures, leur donne cette intime, profonde et pure jouissance qui, surnaturalisée, fait concevoir l'idéal de la beauté absolue qui est en Dieu.

Ce charmant va-et-vient sur une mer endormie dura trois heures, qui passèrent très rapidement pour Alberte. Lorsqu'on débarqua, elle parla de rentrer chez elle, mais Luna lui prenant le bras déclara qu'elle la ferait reconduire pour six heures seulement. Ceci cachait le projet de la garder à dîner, mais Alberte n'avait pas demandé cette permission et ne se laissa pas tenter. Elle fit cependant honneur à la collation qui les attendait, puis visita le domaine qui était splendide. Tout un gymnase avait été établi dans une partie reculée du jardin, et Alberte put essayer la montagne russe et la balançoire où elle avait entrevu David. Du haut de cette balançoire elle aperçut en effet son propre jardin, et elle put voir Morin qui, debout sur le perron, examinait la mer en plaçant sa main en visière devant ses yeux, aveuglés par les rayons du soleil couchant.

Cette vue arracha Alberte à ses exercices gymnastiques. Évidemment Morin n'avait pas vu aborder *la Perle*, et elle ne voulait pas inquiéter Morin.

En conséquence, elle remonta vers la véranda, où Mme Louzéma tournait languissamment les pouces. Elle prit congé d'elle, promit de revenir et retourna à la villa Saint-Louis par les grandes entrées, accompagnée par Pauline.

La duchesse sourit en la voyant entrer, ses grands cheveux soulevés par la brise de mer. Jamais elle ne lui avait vu le regard aussi brillant, les joues aussi fraîches, le sourire aussi doux.

Elle écouta fort attentivement le récit détaillé de l'excursion, et s'amusa beaucoup du portrait que fit Alberte de la dame qui sommeillait sans cesse et du monsieur qui fumait toujours.

« J'ai reçu la visite de plusieurs personnes qui connaissent à fond cette famille, dit la duchesse, tout le monde est d'accord pour leur accorder beaucoup de fortune et d'honorabilité. La mère des enfants, retenue à Londres par l'indisposition de son dernier enfant, est fort distinguée et appartient à une bonne famille. Ce sont pas des Montézuma, comme je le croyais, mais ils sont fort avantageusement connus dans l'Inde.

— David m'a dit qu'il avait un costume de rajah !

— Les rajahs ! gens très comme il faut. Ils représentent la haute aristocratie de ce pays, soumis à la domination anglaise.

— Luna est bien gentille, et David m'amuse beaucoup, ma tante. Il a un petit domestique tout à lui qui s'appelle Boulboul.

— Eh bien, voilà des compagnons de jeu tout trouvés. Iras-tu poser demain chez le baron ?

— Oui, ma tante, et tous les jours s'il le faut, répondit Alberte qui, devinant les condescendances de sa tante, se sentait disposée à tous les sacrifices. »

Huit jours plus tard, Alberte était à la villa des Cactus absolument comme chez elle et, s'il faut le dire, beaucoup plus libre que chez elle, car cette villa était une sorte de maison sans maître où les enfants régnaient. D'abord elle fut complètement séduite par cette installation frappée au coin de l'originalité la plus luxueuse. La maison était une sorte de palais arabe dont chaque meuble éveillait sa curiosité ; le service était fait par des domestiques nombreux et étrangers, ce qui en diminuait l'inconvénient pour Alberte. A part Tom, Pauline et le groom de David, pas un ne parlait français.

Enfin, au dehors les distractions abondaient. Au moindre désir, la *Perle* s'en allait promener les enfants rieurs sur les vagues ; et dans le parc même, Fakir, le joli poney corse, gris souris, entraînait un léger panier où se plaçaient les deux petites filles. David conduisait et Boulboul s'asseyait gravement à l'arrière.

Pendant huit jours, Alberte fut dans un perpétuel ravissement. M. et Mme Louzéma accueillaient la petite duchesse avec une politesse pleine d'amitié ; les domestiques, noirs pour la plupart, considéraient avec un respect admiratif la belle enfant blonde qui était devenue l'amie de leur maîtresse, et David et Luna aimaient Alberte à qui mieux mieux. Luna l'aimait avec abandon et acceptait très bien ses petits airs de supériorité ; David se posait en égal, mais lui témoignait néanmoins une grande déférence.

Mais Alberte était perspicace. Après huit jours d'intimité, elle commença à trouver des revers à la médaille ; elle reconnut que ce brillant milieu n'était pas après tout aussi brillant qu'il le paraissait, tout le monde vivait dans le vide. M. Montézuma, comme disait la duchesse, fumait toute la journée avec des airs de bonze, à cheval sur une chaise, et Mme Montézuma, toujours selon la duchesse, croquait des bonbons et mangeait toute la journée. Elle était censée atteinte d'une maladie des bronches ; mais elle devait certainement surmener son estoma à force de le bourrer de friandises. Luna, hélas ! se laissait aller à ce courant de gourmandises, et Alberte la voyait sans cesse disparaître pour savourer un sorbet glacé ou manger un petit pâté. Mais tout cela n'était rien auprès de David ; David était un véritable petit tyran, et David régnait sans contrôle à la villa des Cactus. Ce petit bonhomme jaune était l'unique héritier de la riche famille indienne, et il n'était pas de fantaisie qu'on ne lui passât. Se plaindre de M. David eût paru une énormité.

Grâce à ce genre d'éducation, il devenait, sans le remarquer assurément, le plus cruel, le plus capricieux, le plus despote des enfants. Il fallait le voir se promener dans les allées, sa petite cravache à la main, lorsqu'il avait subi l'ombre d'une contrariété de la part de sa sœur ou d'Alberte. Il décapitait les fleurs, fouettait ses chiens et souvent cinglait cette horrible petite cravache à pomme d'or sur les faibles épaules du petit Boulboul qui lui souriait en grimaçant de douleur.

« David, vous êtes méchant », lui dit un jour Alberte, en le voyant s'amuser à tirer sur les cheveux crépus du petit Indien.

Il la regarda avec stupéfaction et la bouda pendant une heure.

Un autre jour, comme ils traversaient la grève en revenant d'une promenade en mer, ils rencontrèrent deux pauvres petites filles bien hâlées et bien déguenillées qui leur tendaient la main.

« Ah! comme je n'aime pas les pauvres, dit Luna qui donnait le bras à Alberte, ils sont tristes.

— Et sales », ajouta M. David en menaçant une des petites filles de sa rame.

Alberte qui l'avait vu à l'œuvre, crut qu'il allait la frapper; elle s'élança et, se plaçant entre lui et l'enfant :

« Si vous la frappez, David ! » s'écriat-elle.

Et prenant son porte-monnaie, elle distribua des sous aux petites mendiantes. Luna voulut aussitôt joindre son aumône à la sienne. David les regardait faire; mais il ne lui vint pas à la pensée de les imiter.

« David, il paraît, n'a pas d'argent », dit Alberte en reprenant le bras de Luna.

Les yeux noirs de David étincelèrent.

« Pas d'argent? répéta-t-il; demandez à Luna si je n'ai pas d'argent.

— Il ne vous a pas montré son coffre-fort, Alberte, dit Luna d'un ton conciliant.

— Non, répondit Alberte d'un ton sec, et comme je ne l'ai jamais rien vu donner aux pauvres, je pensais que c'était parce qu'il ne le pouvait pas.

— Vous allez voir cela, répondit David avec humeur, vous allez voir cela tout de suite. »

Ils rentrèrent et allèrent, comme c'était leur habitude, souhaiter le bonjour à Mme Louzéma qui buvait un soda-water, puis David dit à Luna de le suivre dans sa chambre. Luna entraîna Alberte jusque dans l'appartement du petit homme, qui était peut-être le plus luxueux de la maison.

« Luna, allume la bougie, dit-il, c'est plus joli à la lumière. »

Luna lui obéit. Il s'approcha d'un superbe meuble, l'ouvrit, baissa une large tablette, prit une petite clef dans son gousset, et la glissa dans une impercep-

tible serrure. Deux battants s'ouvrirent et David tira à lui un joujou d'une nouvelle espèce, un petit coffre-fort de fer construit dans des proportions lilliputiennes selon le modèle de ceux que l'on voit dans les grandes maisons de banque. Un éléphant d'argent le surmontait.

« Il est à secret, dit-il; Luna, approche la lumière. »

Il tourna la petite clef, et posa le doigt sur un ressort. Un tiroir sortit, il était plein d'or.

« Je n'ai pas d'argent? » dit David en mettant la main dans la petite poche de son gilet par un geste superbe.

« Tout cela est à vous? demanda Alberte légèrement éblouie.

— Tout cela.

— Et vous avez refusé à la princesse Blanche de lui donner pour ses petits orphelins, David?

— La princesse Blanche quête toujours pour les mendiants.

— Moi, je lui donne, dit Luna, et ma tante et mon oncle aussi. Nous mettons beaucoup d'argent dans nos porte-monnaie quand c'est la belle princesse qui quête.

— Moi pas, répondit David, j'aime mieux garder mon argent. Est-ce joli l'or? Voyez, Alberte, j'ai des sequins, des napoléons, des livres sterling, des ducats, des roubles, des pistoles, des dollars. »

Sa petite main plongeait dans le tiroir, il plaçait les pièces devant la lueur de la bougie pour les faire scintiller, et il regardait triomphalement Alberte.

« Vous ne direz plus que je n'ai pas d'argent, dit-il encore.

— Non, répondit Alberte avec feu, mais je dirai que vous êtes un avare, David. »

Et entraînant Luna, elle descendit rapidement, laissant le petit bonhomme seul devant son coffre-fort.

Le soir, en rentrant chez elle, elle était pensive, triste même.

La duchesse ne le remarqua pas; elle dit à Alberte que M. de Châteaugrand se plaignait de ce qu'elle n'allait jamais poser; Alberte répondit avec empressement :

« J'irai demain, ma tante, j'irai demain matin.

— Le matin, non, répondit la duchesse, les Châteaugrand arrivent demain matin.

— Jean? s'écria Alberte.

— Jean et sa mère. Il paraît que le pauvre enfant est beaucoup plus malade.

— Pauvre Jean! » dit Alberte.

Et sa pensée se reporta sur ce cousin dont elle avait conservé un très vif et très bon souvenir. Ce n'était pas l'avare David celui-là. Oh! non, elle se rappelait qu'il aimait les pauvres, lui, qu'il était obligeant, bon, et qu'il protégeait les faibles! S'il avait eu à son service un petit groom comme Boulboul, il ne l'aurait pas cravaché. Oh non! Et s'il avait eu un tiroir plein d'or comme cet affreux David, il n'aurait pas fermé sa bourse à tous les malheureux. Comme elle se sentait heureuse de le voir arriver! Malheureusement il était malade!

Mais cela, c'était un mot pour Alberte, un mot vide de sens. Elle n'avait vu, en fait de malade, que son père qu'elle aimait tant aussi; mais il était vieux, lui, il avait des cheveux blancs, tandis que Jean n'avait guère que six ans de plus qu'elle! Donc il n'avait pas encore vingt ans. Alberte se disait qu'à cet âge on n'était jamais très malade, et surtout qu'on guérissait toujours.

XVII

Le malade.

ALBERTE ayant rêvé toute la nuit d'un laid petit vieux, affublé d'un grand paletot marron, coiffé d'un bonnet de fourrure, qui remuait l'or avec une grande pelle et qui voulait absolument lui en faire manger, se réveilla tout à fait mal disposée pour ses jeunes voisins. Comme les gens un peu excessifs dans leurs jugements, elle se mit, tout en s'habillant, à se remémorer ce que leurs habitudes avaient de choquant. « Luna mange toujours, marmottait-elle, David est quelquefois dur jusqu'à la méchanceté, et quelle avarice! Je n'avais jamais vu d'enfant s'amuser à regarder l'or, ni refuser de faire l'aumône aux pauvres. Il ne prie jamais, il n'y a pas un bon Dieu dans cette maison, pas un. Je n'irai pas les voir aujourd'hui. »

Elle ne conclut pas ce qu'elle aurait dû conclure, à savoir qu'ils étaient ainsi dès le premier jour, et que c'était à elle, jeune fille élevée chrétiennement, sagement, à leur donner l'exemple, tandis qu'elle se laissait parfaitement aller à cette vie oisive et décousue qui avait toujours été la leur.

Ce matin-là elle ne parut pas dans le jardin. Elle aperçut très bien de sa chambre la petite tête crépue de David, qui émergeait du mur; mais elle demeura invisible; Luna elle-même vint inutilement montrer sous le lierre ses beaux yeux et sa bouche souriante. Alberte écrivit, dessina et, après le déjeuner de midi, se fit conduire par Morin chez M. de Châteaugrand. Elle montait pensive le grand escalier de la première terrasse, lorsqu'elle se trouva tout à coup en face d'un jeune homme qui descendait. Il la salua respectueusement et passa.

Alberte s'arrêta un instant tout interdite. Elle se rappela soudain que ce jour-là Jean de Châteaugrand avait dû arriver avec sa mère. Était-ce bien Jean de Châteaugrand? L'adolescent dont elle avait gardé le souvenir et ce grand jeune homme aux moustaches blondes, aux grands yeux profonds pouvaient-il bien être la même personne? Puis on le disait si malade, ce ne pouvait être lui. Elle gagna rapidement la maison, et dans le vestibule trouva la baronne de Châteaugrand et une dame mince et blonde qu'elle reconnut sur-le-champ, car elle s'avança vers elle et lui présenta son front à baiser.

« Ma chère Thérèse, c'est Alberte, Alberte de la Rochefaucon, dit la baronne en riant.

— Est-ce possible ! répondit la comtesse de Châteaugrand en enserrant la petite fille dans ses bras. Comme te voilà grande et forte, ajouta-t-elle en soupirant.

— Cette enfant-là a une santé de fer, Thérèse, dit la baronne.

— C'est un grand bonheur, et il se fait s'aperçut que ses yeux se remplissaient de larmes. « Thérèse, voulez-vous venir nous voir poser? dit là baronne vivement.

— Je ne demande pas mieux. Je cherche seulement à me rappeler si Jean a eu soin de prendre son écharpe de laine.

— Vous la lui avez enroulée trois fois autour du cou, ma chère. D'ailleurs, il craint trop de vous inquiéter pour se

Il voulait absolument lui en faire manger.

rare, dit Mme de Châteaugrand, dont les mains fines caressaient les cheveux de la jeune fille. Ah! Jean et Roger seront bien étonnés en te revoyant. Dis-moi, n'as-tu pas rencontré Jean tout à l'heure?

— J'ai rencontré un grand monsieur qui m'a saluée.

— Avait-il une capote grise?

— Il avait une capote grise.

— C'est lui, tu ne l'as pas reconnu?

— Non, ma tante. »

Elle regarda timidement Mme Châteaugrand et ajouta :

« Il est devenu si grand, et il n'a pas l'air malade du tout. »

Mme Thérèse embrassa Alberte, qui montrer imprudent, et je vous assure que ces petites promenades à Cannes lui feront du bien. Il faut profiter du mieux qu'il éprouve pour le distraire et le laisser prendre un peu d'exercice.

— Nous ne nous quittons jamais.

— C'est ce qui vous use tous les deux. Allons, venez à l'atelier de M. de Châteaugrand, qui va être ravi de retrouver son petit modèle.

Alberte suivit les deux dames à l'atelier. M. de Châteaugrand, dans un accès de colère, venait de jeter son bonnet à la tête de Duval.

« Marie-Caroline, je vous ai recommandé de ne pas quitter l'atelier quand

Duval pose, dit-il à sa femme, il ne fait que des sottises. Croiriez-vous qu'après avoir gâté toutes ses poses, il s'est imaginé de prendre un pistolet par le canon !

— C'était pour assommer l'Arabe, dit le cuisinier, monsieur le baron m'avait dit de le tuer.

— A bout portant, nigaud ! pas à coups de crosse ! Donne-moi mon bonnet, tire ta barbe et va-t'en, je vais peindre les femmes. »

Duval arracha la superbe barbe noire qui devait lui donner quelque ressemblance avec un farouche turco, prit le bonnet tombé sur un mannequin et vint le rapporter à son maître qui le remercia et ajouta : « Mon garçon, va-t'en faire des armes avec tes broches et tes lardoires : il n'y aura jamais en toi l'étoffe d'un soldat, même en peinture. »

Cela dit, le baron se recoiffa et assista tout souriant à la toilette de sa femme et d'Alberte, à laquelle présida Mme Thérèse.

« Aujourd'hui vous êtes admirablement posées, dit-il ; Alberte a une jolie expression et ne rit pas comme une petite folle. Allons, soyez bien sages. »

Il se mit à peindre avec ardeur, et Alberte suivit son conseil, elle fut bien sage. Elle avait devant elle Mme Thérèse qui s'était placée un peu à l'écart pour travailler à l'aiguille, et rien que de regarder ce visage pâle et triste lui ôtait jusqu'à l'envie de sourire. La séance de pose se passa très paisiblement, et quand elle finit, Alberte fut chaudement complimentée par le baron.

« Maintenant que Jean est ici, lui dit-il, j'espère que tu viendras plus souvent. Jean est un bon garçon, qu'il faut distraire un peu.

— Je reviendrai demain », dit Alberte.

Et sur cette promesse elle partit. Elle connaissait désormais si bien les êtres, qu'elle allait et venait toute seule. Comme elle bondissait sur les dernières marches du grand escalier qui débouchait près de la porte cochère, elle entendit une respiration essoufflée et une petite toux sèche. Elle

se détourna et aperçut sur un banc le jeune homme blond qu'elle avait déjà rencontré. Il épongeait la sueur qui perlait à son front. Quand ses yeux rencontrèrent ceux d'Alberte, il quitta sa pose accablée et se leva. Alberte fit un pas en avant ; puis se détournant tout à coup elle marcha vers lui.

Il la salua avec une aisance pleine de grâce.

« Jean, mais c'est moi », dit-elle.

Il sourit doucement. « Je n'osais croire mes yeux, dit-il, mais c'est bien votre voix, ma cousine Alberte. »

Et il pressa affectueusement dans sa main moite et brûlante la main qu'Alberte lui tendait. « Vous avez vu ma mère ? demanda-t-il.

— Oui.

— Comme vous avez grandi !

— Et vous donc !

— Vous ne jouez plus à la poupée ?

— Quelquefois.

— Alors mes filleules sont encore de ce monde ?

— Je pourrais vous présenter mon gros poupard qui s'appelait Jean comme vous.

— Et pour lequel il y avait eu un si beau baptême, je m'en souviens très bien. Vous êtes encore chez votre tante de la Rochefaucon, je crois ?

— Oui, vous viendrez voir votre filleul Jean ?

— Peut-être, bien que je ne fasse plus de visites.

— Vous êtes encore malade ?

— Oh ! je vais beaucoup mieux. Au revoir, Alberte.

— Au revoir, Jean, à demain, je reviendrai poser demain. »

Ils se séparèrent. Jean commença l'ascension de l'escalier et Alberte retourna à la villa. En traversant la seconde terrasse, elle s'entendit appeler. Luna, debout sur le mur, lui faisait de grands signes d'appel. Alberte, tout occupée de la rencontre qu'elle venait de faire, pensa qu'il serait agréable de parler de son cousin Jean, et se dirigea de ce côté, mais sans empressement,

« Alberte, dit Luna, pourquoi n'êtes-
vous pas venue aujourd'hui? Êtes-vous
fâchée?

— Un peu, répondit majestueusement
Alberte.

— David le disait bien. Ma petite
Alberte, il ne faut pas vous fâcher avec
nous. Savez-vous ce que m'a dit David?

— Non.

— Il m'a dit de vous confier qu'il ne
cravacherait plus Boulboul.

— Il fera bien, je n'ai jamais vu d'enfant
aussi cruel que David.

— C'est qu'il a été élevé dans l'Inde et
qu'il a vu faire comme cela; mais il ne le
fera plus jamais devant vous. Nous irons
demain à Lérins, viendrez-vous?

— Cela ne m'est pas possible », répondit majestueusement Alberte.

Et voyant l'air peiné de Luna, elle
daigna lui raconter l'arrivée de sa tante et
de son cousin, puis la nécessité où elle se
trouvait de continuer les poses. « Mon
oncle et ma tante doivent faire une visite
à M. et Mme de Châteaugrand, demain,
dit Luna, nous demanderons à les accompagner. M. le baron aime beaucoup David.

— Venez, dit Alberte, comme cela nous
nous verrons. »

Les choses étant ainsi arrangées, Alberte
embrassa Luna en signe de réconciliation
et regagna la villa.

La duchesse avait des visites, elle dut
attendre l'heure du dîner pour lui raconter
son entrevue avec Jean et sa mère. « Enfin,
comment l'as-tu trouvé, ce pauvre Jean?
demanda la duchesse qui traitait parfois
Alberte comme une enfant de six ans, et
qui parfois oubliait absolument qu'elle
n'en avait pas quatorze.

— Très bien, répondit gaîment Alberte,
il n'a pas l'air malade du tout. Si vous
voyiez comme il est grand et comme il a
de belles couleurs! Il avait les joues si
roses quand je lui ai parlé, si roses, que
j'ai pensé à Mme Louzéma. Oh! je ne suis
plus triste du tout en parlant de lui, depuis
que je l'ai vu.

— Et sa mère?

— Oh! elle, elle est malade, dit Alberte
d'un petit air docte. Elle est pâle et il y a
sous ses yeux un grand creux où je met-
trais bien mon doigt.

— Le baron le disait bien, remarqua
Mme de la Rochefaucon, c'est la mère qui
est surtout malade. Il y a des gens que
l'inquiétude tue. »

XVIII

Alberte garde-malade.

Si l'homme et si la femme sont parfois
changeants jusqu'au caprice, que dire
de l'adolescent? Livré aux premières
curiosités de la vie, ne recherchant instinctivement que des jouissances, l'adolescent, et c'est là un grand danger pour
lui, va où le vent de la fantaisie le pousse,
et il faut voir avec quelle souplesse il
change d'habitudes aussi bien que d'amis.

Alberte n'avait pas vu deux fois Jean de
Châteaugrand dans l'intimité, qu'elle avait
décidé *in petto* d'abandonner ses petits
Indiens pour lui.

Il faut le dire, en cette occasion, sa fantaisie servait à son plus grand bien, et
elle faisait preuve aussi bien d'intelligence
que de bonté en préférant à la société
d'enfants gâtés qui ne vivaient que de
plaisirs, la compagnie d'un jeune homme
aimable, mais très sérieux. Elle se retrouva
tout à coup dans son atmosphère à elle et
finit par se demander comment elle avait
pu tant s'amuser à entendre Luna détailler
ses toilettes et à voir David tourmenter
ses domestiques. Naturellement, la baronne de Châteaugrand activa de son
mieux cette conversion de gauche à droite.

Jean et Alberte ensemble, c'était la jeunesse qui s'installait sous son toit, et avec la jeunesse, la gaîté, l'insouciance, les espérances vivaces, toutes choses précieuses quand il s'agit d'écarter des prévisions douloureuses, de donner le change à des inquiétudes poignantes, de voiler, ne fût-ce que pendant quelques heures, une réalité accablante.

Alberte possédait tout ce qu'il fallait pour jouer ce rôle de charmeuse.

Elle ne croyait pas Jean sérieusement malade, et sous ce rapport sa présence leur était un baume à tous.

Il était bon de reporter le regard du visage soucieux et sans cesse baigné de larmes de Mme Thérèse au visage rayonnant d'Alberte, d'entendre le rire argentin d'Alberte alors que le cœur et les oreilles se déchiraient au son de la toux sèche et sifflante de Jean. Alberte ne jouait pas la comédie. En voyant son cousin assis un livre à la main sous l'épais berceau de chèvrefeuille, en le voyant promener sa taille élégante par les allées, elle se demandait comment sa mère pouvait être si anxieuse et si tremblante. Jean ne sortait pas, mais on était si bien à la villa; monter l'essoufflait un peu, mais elle aussi était essoufflée quand elle avait couru; il toussait sans cesse, mais tant de personnes toussent et d'une voix beaucoup plus grosse.

« Mon cousin, lui dit-elle un jour, on dirait vraiment que vous mettez du fard sur les pommettes de vos joues. »

Cette plaisanterie n'avait eu aucun succès et Mme Thérèse lui avait jeté un regard étrange, si douloureux, qu'elle s'était bien promis de ne plus recommencer. La plaisanterie était sotte très probablement, et cela avait choqué Mme Thérèse de penser qu'on pouvait accuser son fils de se farder.

Quant à lui, il était tout à fait charmé de sa petite compagne. Ils se promenaient des heures entières bras-dessus bras-dessous, dans la grande allée et s'asseyaient sur un large banc d'où l'on voyait bien la mer.

Quand Jean contemplait la mer, il devenait grave et imposait silence à Alberte qui était beaucoup moins contemplative, mais qui recueillait chacune des paroles qu'il prononçait à demi-voix sur la splendeur du paysage.

Le spectacle toujours changeant de la mer et du ciel lui formait une distraction dont il ne se lassait jamais.

La duchesse laissait Alberte libre de suivre ses nouveaux penchants, et c'était un sujet de conversation pour leur dîner, que ses entretiens avec Jean.

Luna et David avaient dû se résigner à ne plus voir Alberte que par aventure.

Le matin et le soir surtout, ils guettaient sa sortie ou son arrivée du haut du mur. Le matin, Alberte se contentait de leur sourire et de leur adresser un geste amical; mais le soir elle acceptait de monter sur la murette pour leur parler de son cousin.

Elle leur redisait ses récits militaires, ses aventures de collège; elle le peignait sous de si riantes couleurs, qu'il leur vint un vif désir de le connaître.

Bientôt Luna et David imaginèrent d'envoyer Boulboul prendre des nouvelles de Jean, et, peu à peu, ils prirent l'habitude d'en demander eux-mêmes en passant. Un jour Jean qui se promenait sur la dernière terrasse aperçut la petite tête crépue de David à la porte; il descendit, reconnut les enfants, les remercia aimablement de leur attention et les invita à revenir.

Ils n'y manquèrent point, et bientôt le jardin de M. de Châteaugrand devint le lieu général de réunion pour les trois villas.

Mais les visites de Luna et de David n'avaient lieu que dans l'après-midi, à l'heure traditionnelle des visites, ce qui ne gênait en aucune façon les conversations de Jean et d'Alberte. Elles se tenaient à l'heure où Mme Thérèse, qui ne quittait jamais son fils, allait à la messe. Elle s'était toujours privée de cette consolation, le jeune homme ayant défense de sortir le matin; mais à Cannes elle se voyait suppléé par deux excellentes garde-malades, et elle s'en allait puiser la force là où elle se trouve.

Naturellement Mme de Châteaugrand partageait avec Alberte ses heures de garde; mais Mme de Châteaugrand avait un autre malade beaucoup plus exigeant que son neveu, et elle avait de plus sa maison à gouverner. Aussi était-ce vraiment à Alberte que revenait le soin de tenir compagnie à Jean, et ces heures quotidiennement passées l'un avec l'autre les avaient rendus très intimes.

« Maman travaille toujours en me tenant compagnie, dit un jour Jean à Alberte, pourquoi ne travaillez-vous pas, ma cousine?

— Je ne sais pas travailler », répondit Alberte, non sans rougir.

Mais le lendemain elle apportait un petit sarrau d'enfant que lui avait taillé Mme Morin, et se mettait à le coudre tant bien que mal.

« Vous faites de bien grands points, il me semble », dit Jean en souriant.

Alberte lui montra son ourlet.

« C'est bien mal cousu, Alberte, je cousais presque aussi bien les linges de l'ambulance.

— Ceci est pour un pauvre, Jean.

— Eh bien!

— Pourquoi donc faut-il aimer les pauvres? David et Luna ne les aiment pas.

— De quelle religion sont-ils?

— Je ne sais pas.

— C'est à savoir. Nous les aimons, nous, parce que notre Dieu a dit : Ce que vous ferez au plus petit des miens, ce sera à moi-même que vous le ferez.

— C'est dans l'Évangile, dit Alberte pensivement, je vais m'appliquer à bien coudre. »

A quelques jours de là, Jean fut pris d'une sorte de trouble dans la vue qui lui rendit la lecture impossible. Ce phénomène se représentait quelquefois et sa mère devenait sa lectrice. Depuis leur arrivée dans le Midi, elle lui avait lu toute une bibliothèque. Mais à ce moment la pauvre femme souffrait de la gorge et ce fut en vain qu'elle essaya de lire.

Son fils lui prit le livre des mains et le ferma.

« Ma mère, ta voix me fait mal, dit-il, je ne veux pas t'entendre. »

Et regardant Alberte, il ajouta :

« Si je ne puis pas lire demain, Alberte aura la charité de me lire quelques pages.

— Oui, oui, répondit Alberte, j'apporterai un livre. »

Elle apporta, en effet, un livre le lendemain, et lorsque Jean eut fait sa promenade par les salons, son extinction de voix lui interdisant le dehors, elle commença une lecture.

Mais elle lisait bien mal, tout était dit sur le même ton : il y aurait eu de quoi endormir tout autre que le pauvre Jean, qui ne dormait jamais.

Ce jour-là il ne dit rien, il la remercia affectueusement, mais le lendemain, quand Alberte se représenta avec son livre, il sourit.

« Vous n'aimez pas mon livre, dit Alberte, se méprenant sur la signification de ce sourire.

— Il me paraît un peu vide malgré son étalage de science. Ce n'est pas un livre de malade.

— Je lirai aussi bien le vôtre, Jean, dit-elle vraiment.

— Il vous ennuiera; il est intéressant, mais sérieux.

— Je lis pour vous, Jean, et non pas pour moi, dit-elle avec un de ces regards qui révélaient la délicate bonté de son cœur.

— C'est vrai; eh bien! prenez ce gros bouquin; Alberte, vous êtes trop intelligente pour qu'il vous ennuie longtemps, et ma mère a marqué le passage que vous pouvez lire. »

Il lui passa un volume des *Moines d'Occident*, et Alberte l'ouvrant à l'endroit marqué commença vaillamment sa lecture.

Elle lut encore plus mal que la veille. Elle estropiait les phrases, ne tenait aucun compte de la ponctuation et faisait de pages écrites dans le plus beau style une sorte de pathos indéchiffrable.

Tout à coup Jean lui dit :

« C'est assez, Alberte, c'est assez pour aujourd'hui. » Et lui reprenant le livre des mains, il ajouta :

« Alberte, pourquoi avez-vous quitté le Sacré-Cœur ? »

Alberte le regarda avec embarras.

jolie voix, reprit-il, et comme il serait agréable de vous entendre lire ; lire s'apprend comme toute autre chose.

— Apprenez-moi, Jean.

— Reprenez le livre et lisez.

Alberte obéit et commença.

« Vous chantez, Alberte, vous ne lisez pas.... Plus doucement..., c'est mieux. Est-ce qu'il n'y a pas de point là...? si,

Jean contemplait la mer.

« Voulez-vous me le dire ? reprit-il.

— Je voulais être libre, répondit Alberte. »

Il sourit.

« Et après ?

— Je voulais m'habiller comme Madeleine.

— Parfait, devenir une poupée. Et après ?

— Je voulais commander un peu et non pas toujours obéir.

— Évidemment, c'est pourquoi vous êtes restée si ignorante, Alberte, tout cela est absolument déraisonnable. »

L'enfant baissa la tête.

« Si vous saviez comme vous avez une

n'est-ce pas ? Reprenez la phrase. Cette pensée est bien belle, pourquoi la mutilez-vous ? Recommencez. Très bien. Vous avez la voix d'une justesse charmante. C'est entendu, je vous apprendrai à lire. Pour finir la leçon aujourd'hui, lisez-moi cette prière de saint Thomas que je veux apprendre par cœur. »

Alberte obéit.

« Très bien, dit-il ; dans huit jours vous lirez parfaitement.

— Voulez-vous que je lise encore, Jean, quelque chose de plus gai ?

— Merci, non, dit-il en renversant la tête en arrière ; franchement, je n'en puis plus. »

Alberte le regarda : il avait fermé les yeux et les taches de ses joues étaient devenues d'un rose vif.

« Vous n'êtes pas plus malade, Jean? s'écria-t-elle.

— Non, répondit-il en portant son mouchoir à ses lèvres, j'ai souvent maintenant de ces petites défaillances. »

— Voici ma tante Thérèse », dit Alberte.

Il se redressa et remit vivement son mouchoir dans sa poche.

« Allons au-devant d'elle », dit-il en se levant et en offrant le bras à Alberte.

Ils marchèrent jusqu'au vestibule, et ce fut Jean qui ouvrit la porte à sa mère. Celle-ci lui prit les deux mains et le regarda dans les yeux. « La lecture t'a fatigué? dit-elle.

— Pas du tout, ma mère, elle m'intéresse d'autant plus que je vais apprendre à Alberte à mieux lire. Savez-vous qu'elle lit mes livres, à moi, maintenant. »

En forme de remerciement, Mme de Châteaugrand embrassa tendrement Alberte et lui dit tout bas :

« Prie bien pour nous, mon enfant. »

Alberte fit un signe d'assentiment et retourna chez elle toute pensive. Elle s'en alla trouver Morin et le questionna sur l'état de Jean, qu'elle avait trouvé si pâle ce jour-là.

Morin la rassura. M. Jean était un beau jeune homme qui se remettrait au printemps, et si lui, Morin, comprenait bien les inquiétudes de madame sa mère, il ne les partageait pas.

XIX

Inquiétude.

L E printemps arrivait en effet à grands pas et donnait à Cannes un merveilleux éclat. Le ciel et la mer rivalisaient de splendeurs dans leurs teintes azurées, les orangers se couvraient d'une neige odorante, l'air n'était plus seulement vivifiant, embaumé, il était devenu balsamique.

De toute fleur se dégageait une senteur pénétrante, et il y avait des fleurs partout. Les villas s'enguirlandaient les unes aux autres par des chaînes parfumées.

Et tandis que cette belle nature fleurissait et étalait tous ses trésors, Jean de Châteaugrand maigrissait et s'affaiblissait à vue d'œil.

Il était navrant de voir ce beau jeune homme se promener, pâle et glacé, sous les rayons brûlants de ce soleil qui semblait darder la vie.

« C'est une crise qu'il traverse », disait le médecin en tiraillant ses favoris grisonnants.

Et tout le monde répétait après lui : « C'est une crise. »

Et l'on attendait avec angoisse la fin de cette crise, qui semblait amenée par les effluves printaniers.

Entre Alberte, Luna et David il n'était plus question que du malade aimé. Alberte, cela va sans dire, s'était attachée à lui comme à un frère; Luna l'aimait à cause d'Alberte, et David en avait fait son ami. Il était reçu même dans la chambre à coucher, naturellement interdite aux petites filles, et il amusait Jean avec ses airs d'homme.

Ce qui rassurait beaucoup les enfants, c'est que Jean n'avait pas l'air triste.

« Quand on est bien malade, on n'est pas gai comme cela, » disait Alberte.

Et Luna et David opinaient du bonnet.

C'était aussi la question que leur adressait leur tante, Mme Louzéma.

« Est-ce que ce jeune homme est triste? » leur demanda-t-elle un jour.

ILS RENCONTRÈRENT DEUX PAUVRES PETITES FILLES.

Ils répondirent négativement, et elle en conclut qu'il n'était pas sérieusement malade, car la maladie rend triste à mourir.

Aussi, grande fut leur désolation quand un jour Alberte arriva tout effrayée, et leur confia par-dessus le mur qu'elle avait surpris Jean la figure dans les mains et qu'elle n'avait pu lui arracher un sourire. Il avait même refusé sa lecture, ce qu'il ne faisait jamais, et elle lui avait dit seulement la prière de saint Thomas qu'elle savait par cœur et qu'il aimait beaucoup à entendre. Luna et David donnèrent des signes de la plus grande douleur. Ils faisaient, comme Alberte, abstraction complète de la maladie de Jean, et à chaque symptôme un peu grave ils étaient aussi surpris que chagrins.

« Nous n'allons pas rester tristes comme cela, dit tout à coup Luna. N'est-ce pas aujourd'hui que nous devions vous montrer nos costumes de l'Inde, Alberte?

— Oui, Luna; mais je le sens, rien ne m'amusera aujourd'hui.

— Venez toujours, dit Luna en lui prenant la main, nous avons bien assez pleuré comme cela. Ah! si vous voyiez David en rajah! »

Alberte se laissa entraîner dans l'appartement où se serraient les costumes des deux enfants. Luna s'approcha d'un coffre magnifique en bois des Iles, l'ouvrit et en tira successivement les pièces d'un habillement aussi étrange que riche : sarri de soie pourpre, écharpe dorée, pantalons brodés d'or, éventail de plumes de paon.

« C'est à moi, dit-elle, et maintenant voici le costume de David. »

Et elle jeta sur un canapé un habit et des pantalons de drap brodés de perles, une écharpe de soie étincelante d'émeraudes, un turban dont le sirphey d'or rayonnait sous les feux d'un diamant superbe, enfin un sabre recourbé nommé tarwar, plongé dans un fourreau de peau de rhinocéros, brodé en bosse, et dont la poignée était constellée de pierres précieuses.

Alberte regarda successivement ce somptueux costume et le petit David, puis s'écria :

« Cela amuserait peut-être Jean de voir David en costume de rajah.

— Certainement, s'écria Luna, cela amuse tout le monde.

— Je suis prêt à aller le voir, dit David.

— Écoutez, dit Alberte d'un ton réfléchi, je vais déjeuner et, comme d'habitude, donner à ma tante des nouvelles de Jean. A deux heures je retournerai à la villa Caroline, je verrai mon cousin, je lui parlerai, et si cela lui plaît de voir David en rajah, j'attacherai mon foulard à la grande perche qui est dans le jardin et je la ferai lever. Vous la verrez très bien. Ce signal voudra dire qu'il vous attend.

— C'est cela, dit David, en tirant sa petite montre, nous serons à deux heures précises sur le mur. »

Les choses étant ainsi arrangées, Alberte alla rejoindre la duchesse que rien ne préoccupait, mais qui cependant témoignait depuis quelque temps un grand intérêt au jeune malade. En entendant les nouvelles d'Alberte, elle hocha la tête.

« Morin a vu Monsieur le curé sortir de la villa, dit-elle, et il paraissait fort ému; je crois bien que le baron se trompe sur la gravité de cette crise.

— Mais, ma tante, s'écria Alberte tout alarmée, est-ce qu'on meurt avant vingt ans! »

La duchesse la regarda d'un petit air de compassion.

« Rarement », répondit-elle avec condescendance.

Une sorte d'inquiétude s'empara d'Alberte, dont le chagrin de Jean avait fort ébranlé la sécurité enfantine, et elle attendit deux heures avec une fiévreuse impatience. Son cœur battait très douloureusement lorsqu'elle gravit l'escalier de la seconde terrasse. Elle ne put retenir un cri de joie en apercevant Jean assis à sa place ordinaire sous le grand olivier de la pelouse, et lui souriant de loin. Il était très pâle et enveloppé de fourrures, mais sa physionomie était sereine.

« Arrivez donc, ma cousine, lui cria-t-il de sa voix légèrement enrouée, j'ai une très bonne nouvelle à vous annoncer. »

Alberte courut vers lui.

« Mon frère Roger a obtenu un congé de quelques jours, dit-il. Il sera ici demain.

— Quel bonheur ! » dit Alberte.

elle y attacha le foulard blanc et la leva de toute la hauteur de ses bras.

L'atmosphère était si sonore, qu'elle entendit parfaitement les exclamations que poussèrent les enfants lorsque le petit étendard flotta sur l'azur du ciel.

Alberte revint vers Jean toute bondissante, et profitant du moment où Mme Thérèse et Mme de Châteaugrand s'avançaient

Luna s'approcha d'un coffre magnifique.

Et apercevant Mme de Châteaugrand et Mme Thérèse qui descendaient les marches du perron, elle courut à elles en s'écriant : « Roger vient, quel bonheur ! »

Elle ne vit pas l'expression poignante des yeux de la mère de Jean, elle ne vit que le sourire forcé qui entr'ouvrait les lèvres de la pauvre femme, et songeant immédiatement à Luna et à David, elle alla proposer à Jean la visite de David en rajah. Jean parut enchanté, et il fut convenu que Mme de Châteaugrand serait invitée à venir sous l'olivier recevoir cette mirobolante visite.

Alberte s'empressa d'aller prendre la perche légère dont il avait été question,

au-devant du fauteuil roulant du baron, qui contournait en ce moment la villa, elle se pencha vers le jeune homme et lui demanda pourquoi il avait paru si triste ce matin-là.

Il arrêta sur elle ses grands yeux au regard profond.

« Je craignais de ne plus revoir mon frère, répondit-il avec effort.

— Puisqu'il vient, vous ne serez plus triste, vous ne me renverrez plus ?

— Non, dit-il en regardant le ciel, je vous le promets. »

M. de Châteaugrand arrivait dans son fauteuil roulant, parlant très haut, selon son habitude.

« Ah! bon Dieu! sommes-nous emmitouflés, mon pauvre garçon, dit-il en s'adressant à Jean, c'est honteux, en face de ce beau soleil.

— Le fond de l'air a encore une certaine fraîcheur, dit la baronne : ne trouvez-vous pas, Thérèse?

— Une grande fraîcheur apportée par la brise de mer, répondit Mme de Châteaugrand, qui avait sa place ordinaire tout contre son fils, de façon qu'il n'eût qu'à tourner la tête pour lui parler.

— La mer est vraiment d'un bleu superbe aujourd'hui, reprit le baron ; allez donc rendre ce bleu-là sur la toile. Jean, ne trouves-tu point que la mer, dans mon tableau, a l'air d'une mer d'indigo auprès de ceci?

— Mon oncle, dit Jean évasivement, il me semble que vous réussissez mieux les personnages que le paysage.

— C'est vrai, c'est parbleu vrai; mais comment imaginer une bataille sans un brin de paysage? On ne se bat pas entre quatre murs. Tu sais que ce matin j'ai retouché ton cheval, que tu trouvais trop tranquille, il rue admirablement. Ah ça! et toi, quand poseras-tu?

— Quand l'odeur de la peinture ne le fera plus tousser », dit vivement Mme Thérèse.

Le baron regarda Jean et se mit à remuer violemment la tête, comme pour chasser une pensée pénible; puis s'adressant à Alberte :

« Chante-nous donc quelque chose, dit-il

— Sans piano, mon oncle?

— Eh! sans doute, n'entends-tu pas les oiseaux? En font-ils des roulades et des arpèges! Les enfants sont comme les oiseaux, ils chantent sans accompagnement. Cependant, si tu aimes mieux attendre ta petite Indienne, je ne m'y oppose pas. Vous chanterez ensemble. Eh bien, qu'est-ce qui nous arrive ici? Le Fils du Ciel en personne. Ah! ah! ah! est-il gentil! est-il gentil! »

Par la large allée débouchait David dans son éblouissant costume indien.

Il marchait gravement, la main sur la poignée de son tarwar, accompagné de Luna qui portait son large éventail, et de Boulboul qui tenait ouvert un parasol à larges franges couvert de broderies délicates. M. Louzéma suivait.

La gaîté de M. de Châteaugrand était par elle-même très communicative, et David et son costume eurent un succès complet.

Jean, entouré des enfants, se montra très animé, et sa mère, le voyant si gai, parut prendre sa part de la joie générale.

Un goûter fut servi sous le grand olivier, et Jean ne parla de rentrer que lorsque M. Louzéma emmena le rajah.

« Jean, vous serez mieux demain, lui dit Alberte en prenant congé de lui.

— Beaucoup mieux », répondit-il avec un étrange sourire.

Le lendemain, quand Alberte se présenta à la villa, elle apprit que Jean avait eu une très mauvaise nuit et qu'il garderait la chambre toute la journée. Cette nouvelle l'impressionna beaucoup. Le temps s'était couvert, une pluie fine ternissait tout au dehors. La petite fille demeura toute la journée près de la duchesse, qui lui parut très grave. Il était souvent arrivé que le jeune malade disparaissait ainsi, et jamais Alberte n'avait éprouvé l'angoisse qu'elle éprouvait ce jour-là. Aussi le lendemain, bien avant l'heure à laquelle elle pouvait se présenter chez M. de Châteaugrand, députa-t-elle Morin à la villa, sous le prétexte de demander un livre qu'elle y avait oublié.

Elle attendit son retour avec impatience, et lorsqu'elle entendit la grille s'ouvrir, elle courut au-devant de lui.

Il lui tendit le livre qu'elle avait réclamé.

« Mais ce n'est pas cela, dit-elle, comment va-t-il?

— La nuit a été mauvaise.

— Mais il sortira aujourd'hui?

— Non, mademoiselle.

— Pas ce matin peut-être, mais tantôt?

— Madame la baronne me prie de dire à Mademoiselle de ne pas se déranger,

Monsieur Jean gardera la chambre et Monsieur le baron, qui est pris d'un accès de goutte, fera de même. »

Alberte alla sur-le-champ confier à Luna et à David cette désolante nouvelle. Jean passerait deux jours dans sa chambre; ils seraient deux jours sans le voir.

La confidence faite et les regrets échangés, on parla naturellement de l'emploi de cette ennuyeuse journée, et une excursion en voiture fut projetée pour l'après-midi.

La duchesse fut la première à engager Alberte à aller se promener avec les Montézuma, elle persistait à les appeler ainsi, et Alberte, qui errait par la maison comme une âme en peine, lui obéit volontiers. La promenade fut charmante. On prit par Cannes et l'on s'en alla par le quai de la Croizette jusqu'à cette route pittoresque qui monte en zigzags le long des coteaux élevés qui enserrent Cannes de ce côté.

Il était délicieux, au sortir d'un bain de soleil, de sentir l'ombre fraîche des sapins, de côtoyer des vallons si profondément encaissés, qu'ils apparaissaient noirs d'ombre.

Et quand la voiture sortit de cette partie montagneuse et accidentée, elle roula pour descendre dans un chemin ravissant d'où le regard embrassait un paysage d'une beauté tout orientale par la chaleur et la vigueur de ses tons. Alberte fut silencieuse et forma un véritable pendant à M. Louzéma, qui passait inanimé devant toutes ces splendeurs.

La promenade lui parut interminable, et elle se fit déposer à sa porte. Mais elle avait à peine fait quelques pas dans le jardin que, revenant tout en arrière, elle repassa le seuil et entra chez Mme de Châteaugrand par la grille ouverte au large. Elle se heurta à une grande valise placée dans le vestibule, et tout intimidée de se trouver seule et de ne rencontrer personne, elle entra dans un petit salon qui lui paraissait éclairé. Il l'était en effet. En y entrant, elle aperçut un grand jeune homme en uniforme rouge et bleu, qui sanglotait, les bras posés sur la table et la

tête dans les bras. L'uniforme, les sanglots, lui révélèrent son cousin Roger.

Elle n'osa pas avancer, ni lui parler. Elle referma la porte sans bruit et monta à pas de loup jusqu'à la chambre de M. de Châteaugrand. Elle frappa.

« Entrez- », dit la voix sonore du baron. Alberte ouvrit la porte.

« Entrez, entrez, répéta-t-il, venez apporter votre sourire à votre vieil invalide qui ne vaut pas le diable ces temps-ci.

— Et Jean? dit Alberte.

— C'est ça, Jean vous inquiète. Eh! parbleu, il inquiète tout le monde. Il paraît que la crise est forte; mais enfin la jeunesse est là, il va un peu mieux.

— Vraiment, mon oncle?

— Oui, il a pu prendre un peu de bouillon.

— Cependant Roger pleure.

— Eh! sans doute, il y avait un an qu'il n'avait vu son frère, il l'a trouvé changé, c'est tout simple. »

Alberte accueillit avec joie cette explication, et se rapprochant du vieillard :

« Monsieur, dit-elle, Luna, David et moi sommes désolés de ne plus voir Jean.

— Vous le verrez.

— Mais quand? »

Le vieillard répondit :

« Dieu le sait.

— Nous le verrions un instant seulement que nous serions satisfaits.

— Il a été question de vous monter, mais les mamans ne veulent pas. La moindre émotion détermine un crachement de sang.

— Mais nous ne lui parlerions pas. »

Le vieillard la regarda, et hochant la tête :

« C'est de l'entêtement, dit-il; mais si

vous y tenez tant que cela, il y aurait un moyen.

— Lequel? oh! dites, lequel?

— Le médecin vient à neuf heures et à six heures; quand il s'en va, on le reconduit jusque sur le palier pour l'accabler de questions, naturellement. Un jour où vous seriez bien désireux de voir Jean, vous pourriez monter chez moi, vous ouvririez cette porte au fond de ce corridor, et vous le verriez, une minute seulement.

— Oh! rien qu'une minute.

— Eh bien! voilà le moyen, et maintenant allez-vous-en. On fait une neuvaine de prières pour le pauvre enfant, les médecins perdant leur latin et leurs remèdes, et j'ai promis de dire tous les jours mon chapelet. Oui, ma foi, et je le dis jusqu'au dernier grain. »

Sur cette parole le vieillard tira un gros chapelet de sa poche, et Alberte s'esquiva. Elle n'eut rien de plus pressé que d'aller conter à ses amis le stratagème inventé par M. de Châteaugrand, et ils parurent enchantés.

« Nous irons demain, dit David.

— Non, plus tard, dit Alberte, je suis sûre que demain Roger ne le quittera pas d'une minute. »

Cela arrangé, elle les engagea à prier comme elle allait le faire elle-même, et David, qui n'était guère dévot pourtant, proposa d'aller tous les jours à la chapelle des Religieuses du Purgatoire, où tant de personnes allaient prier et même se consoler.

XX

Solennelle entrevue.

Qu'on soit un enfant ou qu'on soit un homme, c'est toujours vers les hauts lieux que le regard se lève quand l'action humaine est frappée d'impuissance.

Aussi les enfants sacrifièrent-ils généreusement les agréables parties proposées, pour se rendre à la chapelle choisie.

Hélas! ils n'étaient pas les seuls qui s'agenouillaient devant le saint autel.

Tant d'êtres viennent souffrir et mourir dans ces brillantes résidences d'été qui captivent et attirent par la douceur de leur climat et leur riant aspect!

Et ici ce ne sont pas ceux qu'on pourrait appeler les invalides de la vie qui s'y donnent rendez-vous : ce sont les jeunes, ceux qui semblent porter en eux la sève et l'espérance.

Aussi Cannes n'est pas triste, on n'y voit pas ces réunions de squelettes ou de personnages à demi éteints, qui se rencontrent en certaines villes d'eaux. Vous avisez seulement de temps en temps, au milieu d'un groupe vivant, quelque jeune homme aux traits émaciés, qui tousse faiblement, quelque jeune fille dont la taille se déforme, qui a les pommettes roses et les lèvres entr'ouvertes comme s'il lui était difficile de respirer. La jeunesse porte la maladie avec une certaine grâce, et surtout avec une opiniâtre résistance. Et puis cette terrible maladie de poitrine n'a rien de frappant, rien de bruyant, rien de tragique. Les poitrinaires se lèvent, se promènent et vivent comme les autres : ce sont des lampes dont l'huile s'use sans se renouveler, mais peu à peu. Le jour de leur mort ils bâtissent des projets. Et nuls malades ne se font de plus solides illusions. Le martyre est pour ceux qui les aiment et qui les voient dépérir tout vivants.

Mais devant Dieu les feintes héroïques ne sont pas de mise. Telle mère que vous avez rencontrée promenant son fils, le regardant danser dans une matinée, se prosternera toute sanglotante à l'ombre d'un pilier.

Il faut bien que la nature reprenne ses droits quelque part sur le courage, et c'est naturellement devant Dieu que ces douleurs s'épanchent librement.

Nos trois petits amis prièrent sans se lasser. Alberte avait donné de pieux livres à Luna et à David, qui ignoraient, hélas! la prière des lèvres aussi bien que celle du cœur. Ils lisaient consciencieusement toutes les pages marquées, faisaient de nombreux signes de croix et répétaient avec ferveur leur simple prière : « Mon Dieu, guérissez Jean ».

En revenant de leur pèlerinage ils étaient tout sérieux, si sérieux qu'un jour Mme Louzéma, qui savourait du chocolat au moyen d'une petite cuiller d'or, leur demanda quel avait été le but de leur pro-

« Mon oncle, dit-il en anglais, de quelle religion sommes-nous?

— Catholiques », répondit brièvement M. Louzéma.

Luna et David battirent des mains.

« Eh! vous ne le saviez donc pas? s'écria Mme Louzéma. Je permets bien que vous soyez catholiques, mais vous n'irez plus dans cette église, je vous le dis. »

La bonne dame jeta les hauts cris.

menade. Ils le dirent, et la bonne dame jeta les hauts cris.

« Il faisait froid dans ces églises, ils ne manqueraient pas de s'y enrhumer. Est-ce qu'elle allait à l'église, elle! »

Alberte était fort embarrassée de son personnage, beaucoup plus embarrassée que ses petits amis, qui connaissaient leur tante.

« Enfin, ma tante, dit Luna en anglais, nous n'allons jamais à l'église, et tout le monde y va.

— Oui, de temps en temps, mais pas quand il fait si chaud. Il n'y a que les catholiques à être aussi imprudents. »

David, qui écoutait attentivement, s'élança vers son oncle qui entrait.

Et elle se mit à frapper avec colère de sa petite cuiller d'or sur sa tasse de porcelaine du Japon.

« Nous faisons une neuvaine pour Jean, dit David d'un petit ton de résistance.

— Continuons-la à la maison, remarqua Alberte timidement. Nous arrangerons un autel dans le jardin.

— Allons tout de suite, dit David.

— Après le déjeuner, répondit Alberte, ce sera mieux. »

Cela entendu, elle retourna chez elle et prépara tout ce qu'il fallait pour l'érection d'un autel.

Dans l'après-midi Luna et David se

représentèrent. Alberte avait déjà placé une petite statuette du Sacré-Cœur entre les branches d'un vieil oranger en fleurs. Ils drapèrent autour des guirlandes fleuries, allumèrent les bougies des petits candélabres et, à genoux, prononcèrent la prière qui avait été choisie.

Le reste de la semaine ils se réunirent fidèlement deux fois par jour autour de l'autel improvisé, et le dimanche ils apprirent de la bouche de Morin qu'il y avait un mieux sensible dans l'état du malade. Cette nouvelle les combla de joie et leur donna un désir si ardent de voir leur cher Jean, qu'il fut convenu qu'on userait ce jour-là même du moyen suggéré par M. de Châteaugrand.

En conséquence, ils guettèrent le moment de la visite du médecin, et sitôt qu'ils aperçurent son coupé dans le chemin, ils se rendirent à la villa Caroline.

Cachés derrière les massifs, ils virent entrer le docteur, et, profitant du moment où la porte était ouverte, ils montèrent chez le baron. Une canne dans chaque main, il essayait de se traîner d'une fenêtre à l'autre.

En les voyant apparaître il sourit.

« Vous voyez un misérable abandonné, dit-il. La pauvre madame Thérèse est dans un tel état, que ma femme ne la quitte plus.

— Cependant, Jean va mieux.

— On le dit, il mange, il mange très bien. Le médecin prétend que cela va finir d'une manière ou d'une autre, la crise touche à sa fin.

— Le médecin est là, dit Alberte.

— Ah !

— Et nous venons tâcher de voir Jean.

— Bon, on vient pour Jean. Si cela vous fait plaisir, mes enfants, je ne vois pas qu'il y ait à vous en empêcher. On ne sera qu'un instant.

— Rien qu'un instant, dit Alberte.

— Eh dame, arrangez-vous pour cela. Les femmes suivent le médecin, c'est sûr, Roger aussi ; c'est pourquoi je fais quelquefois ma visite au malade à ce moment. Aujourd'hui, je vous cède mon tour. »

Cela dit, il recommença à se traîner sur ses deux cannes, et Alberte ouvrit la porte qu'il lui avait désignée. On entendait un bruit confus de voix que dominaient la voix un peu nasillarde du docteur et une voix vibrante et jeune, celle de Roger.

Les trois enfants prêtaient l'oreille.

« Lui ! ne parle pas, dit Alberte.

— Non », répondirent Luna et David.

Tout à coup un bruit de chaises qu'on dérangeait succéda au bruit de la conversation ; puis une porte s'ouvrit, et les voix s'éloignèrent.

Le moment était venu. Alberte entra bravement dans le corridor, alla entr'ouvrir la porte du fond et demeura immobile sur le seuil.

Cette porte faisait face à un grand lit sur lequel Jean était plutôt assis que couché, et soutenu par des oreillers. C'était bien lui ; mais dans quel état, mon Dieu ! si pâle, que son visage ne semblait faire qu'un avec la toile de neige de l'oreiller, ses grands cheveux épars et collés à ses tempes par la transpiration.

Les trois enfants le regardaient haletants, n'osant avancer d'un pas dans cette chambre silencieuse. Mais le courant d'air formé par la porte ouverte passa sur le visage du malade ; il ouvrit les yeux, et son regard rencontra trois visages consternés.

Un sourire ineffablement doux entr'ouvrit ses lèvres et sa main amaigrie se leva par un geste d'appel.

Les trois enfants marchèrent sur la pointe des pieds, jusqu'à son lit.

« Je suis heureux de vous voir, dit-il d'une voix très basse, mais distincte, j'avais obtenu de maman la promesse qu'on vous ferait venir demain. »

Il respira péniblement et ajouta :

« J'aime mieux que ce soit aujourd'hui... Luna ! »

Luna se pencha vers lui.

« Soyez toujours bonne, dit-il, et n'oubliez pas votre ami Jean. »

Il ferma les yeux, puis les rouvrant :

« David », murmura-t-il.

Le petit David monta sur un tabouret afin de mieux entendre.

Jean le regarda amicalement.

« Mon cher David, prononça-t-il, croyez-moi, aimez les pauvres, soyez généreux envers Dieu, il vous le rendra. »

David inclina la tête en se mordant les lèvres pour ne pas pleurer.

C'était au tour d'Alberte.

Jean lui prit la main et referma les yeux comme pour reprendre des forces.

En les rouvrant il vit le visage d'Alberte couvert de grosses larmes qu'elle ne pouvait plus retenir.

« Pourquoi pleurer? dit-il doucement; le bon Dieu est bien libre de me rappeler à lui. N'ai-je pas achevé ma course en combattant le bon combat? Il est doux de mourir pour son pays, et c'est pour lui que je meurs. Cela seul doit consoler ceux qui m'aiment... Ma chère Alberte, ne pleurez pas ainsi. Dites-moi plutôt la belle prière que j'aime tant. Que je l'entende encore de votre bouche. Allons, commencez.... Accordez-moi de souffrir sans murmure.... Continuez donc, Alberte. »

Il joignit les mains et referma les yeux.

Alberte, se roidissant contre sa douleur, continua d'une voix trempée de larmes :

« Bonté suprême, je vous demande un cœur épris de vous, qu'aucun spectacle ne puisse distraire; un cœur fidèle et fier qui ne chancèle, qui ne descende jamais; un cœur indomptable toujours prêt à lutter; un cœur libre, jamais séduit, jamais esclave; un cœur droit qu'on ne trouve jamais dans les voies tortueuses. Et mon esprit, Seigneur mon esprit...

— Assez, murmura Jean faiblement, je ne peux plus vivre que par le cœur. »

Sa main pressa de nouveau celle d'Alberte, et rouvrant les yeux, il la regarda tendrement, sérieusement, de ce regard limpide et profond qui est comme le rayonnement suprême de l'âme prête à quitter ce monde. Puis il ajouta :

« Alberte, rentrez au Sacré-Cœur, devenez une femme sérieuse, utile et bonne, ne gaspillez pas les dons de Dieu. »

Puis plus bas encore et d'une voix qui tremblait :

« Vous parlerez de moi à maman et à Roger, n'est-ce pas? vous les consolerez, je vous charge de les consoler. »

Comme il prononçait ces derniers mots, une porte s'ouvrit au fond de l'appartement.

« A demain, Jean », dit Alberte qui suffoquait.

Il sourit, leva les yeux en haut et agitant la main :

« Adieu », dit-il.

Les enfants se retirèrent par le corridor. Alberte et Luna sanglotaient, David poussait de profonds soupirs.

Ils ne pensèrent même pas à prendre congé de M. de Châteaugrand, dont ils apercevaient l'ombre dans l'embrasure d'une fenêtre; ils se sauvèrent et entrèrent dans la première villa, celle de la duchesse. Les petites filles se précipitèrent dans le jardin, d'autant plus vite qu'elles avaient aperçu une femme de l'aspect le plus distingué, qui marchait le long du trottoir venant vers elles.

« La princesse Blanche », murmura Luna.

Le premier mouvement de David fut de les suivre; puis, se ravisant, il demeura sur le seuil de la grille, et quand la noble dame passa, il fit un pas vers elle en la saluant. Elle s'arrêta et le regarda non sans surprise.

« Madame, dit-il gravement, quêtez-vous aujourd'hui? »

La princesse sourit et répondit :

« Monsieur David, comme il y a toujours de bonnes œuvres à faire, je quête toujours. »

David tira de sa poche un superbe porte-monnaie à son chiffre, et y prenant une pièce d'or :

« Madame, dit-il voici pour les pauvres.

— Vous êtes bien généreux, monsieur

David, et j'admire votre bon cœur; mais votre oncle....

— C'est mon argent de poche, répondit David.

— Eh bien! je vous inscrirai pour vingt francs. Vous les porterez quelque jour à la villa des Lys.

— Oui, madame, et je vous prie de me garder un petit orphelin.

— Un orphelin? monsieur David.

— J'en veux un, madame, et même un vieillard, comme vous voudrez.

— Nous reparlerons de ceci demain, je vous remercie beaucoup au nom des affligés. »

Elle fit à David un geste affectueux et passa. Il revint dans le jardin où il ne trouva plus les deux petites filles, qui s'étaient réfugiées chez la duchesse.

La duchesse les grondait beaucoup de tant pleurer.

« Il y a un mieux, disait-elle, il y a positivement un mieux puisqu'il mange, et vous voilà le pleurant comme s'il était mort. »

Il n'en fallut pas davantage pour ramener un peu d'espérance au cœur des enfants; ils se séparèrent en se disant :

« Peut-être le trouverons-nous mieux demain. »

Quand Alberte ouvrit sa fenêtre le lendemain matin, le soleil irradiait si magnifiquement la mer, le ciel était si admirablement pur, les oiseaux chantaient si mélodieusement, tout était si brillant, si vivant autour d'elle, que l'espoir lui revint au cœur. Mourir par ce beau temps lui paraissait chose absolument impossible.

Elle s'oublia longtemps sur le balcon; puis elle alla faire son premier déjeuner qui, à son grand étonnement, ne lui fut pas servi par Morin. Elle pensa qu'il était allé prendre des nouvelles de Jean selon son habitude, elle guetta son retour; mais il n'arrivait pas. Elle n'allait guère chez Mme de Châteaugrand avant dix heures, et il lui paraissait bien long d'attendre jusqu'à ce moment.

« Mais enfin, qu'est devenu Morin? demandait-elle à tous les domestiques.

— Mademoiselle, il a probablement poussé jusqu'à Cannes, lui dit enfin Mme Morin qui la voyait errer comme une âme en peine par le jardin.

— Et il n'est pas venu donner des nouvelles de mon cousin?

— C'est qu'elles sont bonnes, mademoiselle. »

Alberte consulta sa petite montre.

« Neuf heures et demie, dit-elle, c'est bientôt dix heures. Je vais aller moi-même savoir comment il a passé la nuit. »

Elle mit son petit chapeau de paille, et s'en alla sonner chez Mme de Châteaugrand. La porte s'ouvrit d'elle-même comme toujours, mais aucun domestique ne se montra sous la petite marquise qui abritait la porte d'entrée.

Alberte devint toute hésitante, et se mit à faire le tour de la maison. En passant devant les fenêtres de l'atelier, elle crut apercevoir le bonnet grec de M. de Châteaugrand. Elle alla frapper à la porte, et la voix du vieillard lui répondit : Entrez.

Elle entra le sourire aux lèvres. De voir le baron le pinceau à la main lui paraissait de très bon augure. Et cependant sa voix tremblait quand elle demanda :

« Comment va Jean, ce matin, monsieur?

— Pas bien, il paraît. Son frère et sa mère ont voulu le veiller, et, depuis ce matin, Thérèse est en larmes. Cela ne prouve pas que son fils ait eu une bonne nuit. C'est de voir et d'entendre cette pauvre femme qui m'a fait fuir mon appartement de si bonne heure. Puisque me voilà recloué dans mon fauteuil, autant rester ici. Cependant je fais de bien mauvaise besogne ce matin. La main me tremble, j'ai affreusement empâté ce turco; enfin je m'ingénie à tuer le temps. »

Il se tut, ne recevant pas de réponse.

Aux premiers mots qu'il avait prononcés, Alberte, saisie d'un douloureux pressentiment, avait reculé et était allée se blottir au fond d'un grand fauteuil qui servait aux modèles, et autour duquel les draperies et les différentes pièces de costumes militaires formaient une sorte de paravent mobile.

Pendant qu'elle était là tout angoissée, le baron continua de peindre en grommelant. Tout à coup la porte intérieure de l'atelier s'ouvrit, et Mme de Châteaugrand entra.

Le baron la regarda et laissa échapper son pinceau.

« Quelle nouvelle m'apportez-vous,

Marie-Caroline ? demanda-t-il d'une voix de tonnerre.

— Mon ami, je vous annonce qu'il y a un Châteaugrand de moins sur la terre et un de plus dans le ciel. »

Le baron se souleva sur son fauteuil.

« C'est fini ?

— C'est fini. Il a baisé le crucifix, regardé sa mère, souri à Roger, et fermé les yeux, absolument comme s'il s'endormait. C'est ainsi qu'il est mort. »

Le baron ôta son bonnet grec, joignit les deux mains, et levant les yeux en haut :

« Seigneur, dit-il d'une voix tremblante, à quoi pensez-vous de rappeler ces conscrits-là, et de laisser vivre un vieil invalide comme moi ! »

Puis jetant sa palette loin de lui :

« Madame la baronne, dit-il, veuillez sonner Duval, je veux monter. Je suis le chef de la famille, et c'est à moi qu'il appartient de fermer les yeux à cet enfant qui, en donnant sa vie pour son pays, est devenu un honneur de plus pour toute sa race. »

Mme de Châteaugrand sonna David. Duval arriva avec de grosses larmes sur les joues. Jean s'était fait aimer de tous ces braves gens. M. de Châteaugrand fut traîné hors de l'atelier, et personne ne

pensa à la pauvre Alberte qui demeura là deux heures, brisée, gémissante, bouleversée jusqu'au fond du cœur. Ce n'était pas son premier chagrin, mais c'était sa première entrevue avec la mort, cette terrible et inexorable visiteuse qui se présente toujours tôt ou tard pour vous demander votre cœur, s'il lui plaît de frapper sur ceux que vous aimez, ou votre vie, si l'heure à laquelle vous devez paraître devant Dieu a retenti dans l'éternité.

XXI

Les adieux.

Fakir attelé au panier promène David, Alberte et Luna par les larges allées du parc de la villa des Cactus. David est très grave et les petites filles sont mélancoliques. Non seulement Jean est parti pour le ciel, ce qui leur a fait un gros chagrin, mais à peine en étaient-ils remis, — à cet âge le chagrin ne fait le plus souvent qu'effleurer le cœur, — qu'il fallut penser à une nouvelle séparation.

Les départs se multiplient autour d'eux. La villa Caroline est vide et fermée, la villa des Cactus n'a plus que pour deux jours de vie, et la duchesse elle-même, trouvant que le soleil devient tropical et le mistral de feu, a donné des ordres pour son déménagement de la villa Saint-Louis.

Naturellement on se fait de solennelles promesses de s'écrire, de se revoir, et l'adresse des enfants à Londres est inscrite sur le carnet d'Alberte. Elle a remis à plus tard à donner la sienne et a dit d'un petit air mystérieux qu'elle la ferait connaître par lettre. Ce qu'il y a de certain, c'est qu'elle ne sait pas encore si la duchesse va aux eaux ou à sa terre de Rochefaucon. Mais elle a promis d'écrire à ses petits amis aussitôt la décision prise.

Luna et David ont tellement pleuré Jean, qu'il leur sont devenus très chers. Un changement réel s'est d'ailleurs opéré en eux. Luna est devenue plus sérieuse, on ne la voit plus manger toute la journée, ni flâner de côté et d'autre avec sa nonchalante démarche d'Indienne, elle s'occupe utilement et essaye à ne pas tourmenter ses domestiques. Quant à David, il a, dans un bel élan, jeté dans la mer sa méchante petite cravache, il ne grimpe plus sur le dos de Tom comme un singe, et il traite le petit Boulboul avec une grande douceur.

mobilité enfantine, son regard est très calme, et lorsqu'elle est seule, elle devient, non pas rêveuse et ennuyée comme autrefois, mais sérieusement pensive. Elle témoigne de la plus grande indifférence pour les projets de la duchesse ; aller aux eaux ou à la Rochefaucon est tout un pour elle, et Morin admire beaucoup cette preuve de raison donnée par l'enfant pas-

Adieux d'Alberte.

Et ce qu'il y a de plus admirable, il a toujours la main à la poche.

Aperçoit-il un pauvre, vite il tire son porte-monnaie. On admire sa générosité autant que l'on déteste son égoïsme, qui lui desséchait le cœur et lui enlaidissait la figure aussi bien que l'âme.

Ce n'est pas sans joie qu'Alberte pense que ce riche héritier des nababs fera peut-être, grâce à Jean et un peu à elle, un noble emploi d'une fortune qu'il aurait misérablement accumulée ou égoïstement dépensée.

Alberte elle-même a singulièrement grandi du côté de la raison et du côté de l'intelligence. Ses traits ont perdu leur

sionnée et volontaire qui prétendait tout gouverner à son gré.

Un jour il parut devant Alberte avec un certain sourire, dont elle devina sur-le-champ la signification.

« Où allons-nous, Morin ? demanda-t-elle.

— Au château de la Rochefaucon, mademoiselle.

— Tant mieux. Quand partons-nous ?

— Ce soir, par le train de cinq heures ; ma femme va venir préparer votre caisse.

— Ma tante est-elle seule ?

— Oui, car elle a défendu d'entrer chez elle. Elle fait ses derniers préparatifs.

— Alors je vais prendre congé de mes

petis amis. Morin, je resterai déjeuner avec eux, si ma tante le permet.

— Je le lui demanderai, mademoiselle. »

Alberte, sur cette promesse, descendit et gagna la villa par la murette.

Les jardins étaient silencieux et déserts, elle monta jusqu'à l'habitation. Mme Louzéma, vêtue d'une robe de chambre éclatante, les cheveux dans un réseau de chenille rouge, était assise à sa place habituelle sous la véranda, et croquait des pastilles en essayant les bagues qu'elle désirait porter ce jour-là.

Elle apprit à Alberte que son mari avait emmené les enfants dans une dernière promenade sur mer. Cette nouvelle consterna la petite fille, il lui semblait dur de ne pas embrasser une dernière fois ses petits amis. Elle revint toute triste à la villa, et après le déjeuner alla cueillir de gros bouquets qu'elle entoura d'une belle dentelle de papier blanc sur lequel elle écrivit : *adieux d'Alberte*. Ces deux bouquets furent placés par Morin au haut de deux perches très minces et enfoncées bien en vue dans l'épais gazon de la murette.

Un peu avant cinq heures, une calèche vint chercher la duchesse et Alberte pour les conduire à la gare.

Il y avait foule pour ce départ, et jusqu'au dernier moment Alberte chercha des yeux Luna et David. Ils n'apparurent pas, les portières se fermèrent et le train partit comme partent tous les trains de ces résidences de passage, avec accompagnement de gestes d'adieu, de larmes, de sourires, de toutes les manifestations du sentiment.

Alberte s'était placée à gauche dans le wagon, afin de voir le plus longtemps possible cette belle mer bleue dont Jean de Châteaugrand lui avait si bien analysé les beautés. Des embarcations nombreuses la sillonnaient, et elle avait pris la lorgnette de la duchesse, se disant qu'elle reconnaîtrait peut-être la *Perle* si elle naviguait de ce côté. A la première station, elle braqua sa lorgnette sur une espèce d'île flottante formée par une réunion fortuite d'embarcations à voiles, et comme elle la laissait retomber par un geste de découragement, ses yeux se fixèrent sur la petite anse qui touchait presque à la voie ferrée.

Une seule embarcation s'y balançait. Alberte tressaillit et ressaisit la lorgnette. C'était bien la *Perle* et ses rameurs bronzés. Debout contre le grand mât, David et Luna regardaient passer le train, et sur un pliant, derrière eux, M. Louzéma fumait dans sa grande pipe. Alberte supplia la duchesse de laisser ouvrir la portière et, saisissant une écharpe jetée sur une couverture de voyage, elle fit un signe à l'employé. La portière s'ouvrit. Elle se mit debout et fit voltiger l'écharpe. David aperçut le signal, s'empara à son tour d'une lorgnette, et Alberte le vit lancer son chapeau en l'air. Luna tendit les bras par un petit geste désespéré, et M. Louzéma lui-même, ôtant le tuyau d'ambre d'entre ses lèvres, se leva et découvrit sa grosse tête crépue.

Ce manège dura deux minutes; puis la portière se ferma avec bruit, et anse, barque et amis disparurent aux yeux d'Alberte, qui jugea bon d'essayer de braver l'oubli par le sommeil.

Ce petit voyage ne fut d'ailleurs pour elle qu'une suite d'étapes somnolentes. La duchesse avait calculé qu'il lui fallait voyager trois jours pour arriver sans fatigue à la Rochefaucon, et elle suivit rigoureusement son itinéraire. On passait la journée en wagon, et le soir on arrivait, pour coucher, dans un hôtel dont on repartait le lendemain à l'aube.

Vers la fin du troisième jour, Alberte apprit qu'elle était en Normandie et qu'elle touchait à la dernière étape, ce qui lui causa un sensible plaisir. En effet, à la station où elles descendirent, elle aperçut le vieux cocher en grande livrée, assis, le fouet haut, sur son siège élevé.

La duchesse et Alberte montèrent de suite en voiture et partirent pour le château de la Rochefaucon, situé à dix lieues de là.

Les chevaux dévorèrent vite cet espace,

d'autant plus vite que la route était très belle, très plane et très solitaire. D'abord, ce large ruban gris sur lequel courait la calèche découverte se déroula le long de vastes plaines boisées ; puis il monta légèrement et se déroula de nouveau à perte de vue sur un immense plateau.

La duchesse regardait avec complaisance autour d'elle.

« Alberte », dit-elle tout à coup.

Alberte se tourna vers elle.

« Tu vois cette croix ?

— Oui, ma tante.

— Elle est placée au milieu du plateau, et tout ce qui se découvre de cet endroit appartient de près ou de loin aux la Rochefaucon et à ma propre famille. »

Alberte jeta un regard stupéfait autour d'elle.

« Tout ce pays ! dit-elle en étendant le bras.

— Tout ce pays, et cela n'est qu'un lambeau du passé. »

Et la duchesse énuméra complaisamment les noms des fiefs qui avaient autrefois composé le domaine des deux puissantes familles.

Elle parlait encore sur ce sujet inépuisable quand la voiture tourna et s'enfonça sous une avenue d'ormes séculaires. Au bout de cette avenue se profilait sur le ciel d'un bleu pâle une arcade de pierre ogivale flanquée d'une petite tourelle en poivrière.

L'air était si calme que l'oreille d'Alberte perçut le bruit sourd d'une porte qui tournait sur ses gonds rouillés.

« On ouvre la porte », dit-elle.

Quand la voiture arriva devant l'arcade ogivale, les battants barrés de fer de la grande porte avaient été ouverts au large, et un paysan en blouse bleue se tenait auprès, son bonnet de coton à la main. Il leva le bras au moment où la calèche franchissait le seuil du portail, et une cloche se mit à sonner joyeusement, à toute volée.

La voiture roula dans une large allée sablée qui contournait de profonds massifs et d'immenses pelouses au milieu desquelles un étang aux eaux dormantes reflétait comme un miroir sombre les rayons du soleil couchant, puis elle s'arrêta tout à coup devant l'imposant château de la Rochefaucon.

La duchesse monta lentement le perron de pierre et entra sans se détourner. Alberte jeta un coup d'œil sur le petit lac, sur les vertes pelouses, sur le ciel et sourit d'un air heureux. Puis elle suivit sa tante dans le vestibule sur lequel ouvrait l'escalier d'honneur, dont les murailles étaient recouvertes d'anciennes tapisseries.

Morin était au pied de cet escalier, il aida respectueusement la duchesse à monter.

Sur le palier du premier étage, Alberte lui dit :

« Quelle chambre m'avez-vous préparée, Morin ?

— J'en ai préparé plusieurs, mademoiselle.

— Ma tante, me permettrez-vous de choisir mon appartement ?

— Oui, mon enfant.

— Alors, Morin, je me loge dans l'ancienne chambre de mon père, la chambre au balcon.

— Mademoiselle la trouvera prête à la recevoir. »

Alberte tourna aussitôt sur ses talons et pénétra dans un corridor, puis dans un appartement très vaste, placé juste en face de l'ellipse que décrivait le petit lac.

Elle porta une chaise basse sur ce balcon et demeura quelque temps songeuse. Morin vint l'arracher à sa rêverie.

Mme la duchesse, trop fatiguée pour descendre, faisait souhaiter le bonsoir à Alberte.

« Le souper de mademoiselle est servi », ajouta Morin.

Alberte descendit dans la salle à manger, pavée de marbre. Les volets intérieurs avaient été fermés et une lampe éclairait la table où elle s'assit.

Elle mangea peu et rapidement. Ce grand appartement lui faisait froid, et quand les domestiques disparaissaient, elle éprouvait une impression étrange de se trouver en compagnie des portraits accrochés aux panneaux. Ces personnages compassés, dont les yeux semblaient étinceler dans l'ombre, lui causaient une espèce de malaise des plus pénibles.

Elle remonta vite et bientôt tout bruit

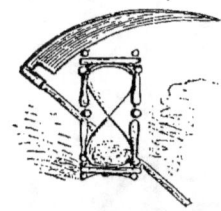

et toute lumière s'éteignirent dans le grand château dont la lune argentait les hautes girouettes et les vastes surfaces ardoisées.

XXII

A la Rochefaucon.

IL n'y avait pas huit jours qu'Alberte habitait la Rochefaucon, et l'on pouvait dire qu'elle était devenue une sorte de rayon pour le vieux domaine. Libre de flâner à sa guise, elle s'en donnait à cœur joie, et l'on voyait tous les enfants du village courir deçà delà, uniquement pour apercevoir les longs cheveux flottants de la petite duchesse qui arpentait d'un pas bondissant les verts sentiers des taillis. La Rochefaucon était une terre pleine de majesté et de solitude. Quelques fermes groupées autour du château, la famille du jardinier qui habitait le pavillon de la porte d'entrée, un village qui ne comptait pas deux cents feux, donnaient un contingent d'habitants rustiques dont plusieurs étaient très pauvres, mais dont aucun n'était absolument misérable.

Alberte connut bientôt tout ce monde par son nom, grâce à Morin qui était né dans le domaine et qui y revenait tous les ans avec la duchesse.

Les premières semaines de son séjour

à la Rochefaucon, elle s'enivra de liberté et de sauvagerie. Coiffée d'un large chapeau de paille, une ombrelle-canne à la main, elle s'en allait par les prés, par les bois et revenait les mains et la ceinture chargées de fleurs. Parfois la cloche du château la rappelait. C'est qu'il était survenu des visiteurs auxquels la duchesse voulait la présenter. Cela arrivait rarement. La Rochefaucon avait peu de voisins, et précisément cette année-là, ceux avec lesquels la duchesse frayait d'habitude étaient, pour une cause ou pour une autre, absents de leur terre.

La duchesse s'en plaignit un peu tout d'abord; mais le marquis de la Tour Salansac, son ancien danseur, ayant paru à l'horizon, elle prit son parti des autres absences.

Le vieux curé de la petite paroisse lui faisait une visite hebdomadaire, le régisseur demandait aussi un entretien par semaine; grâce à la dispersion des membres de sa famille, elle avait une correspondance des plus actives : il n'en fallait pas davantage pour donner une animation suffisante à la vie de la douairière, qui aimait le repos par-dessus tout.

Naturellement, il ne fut question d'aucun travail pour Alberte.

« Tu reprendras tes études à Paris, lui avait dit la duchesse, et nous réparerons le temps perdu. »

Alberte avait souri sans répondre.

Quand on lui parlait de Paris, elle prenait un petit air décidé, comme si elle avait eu sur ce sujet une idée bien arrêtée qu'elle se refusait à communiquer.

D'ailleurs, il n'y avait guère que Morin qui se mêlât quelque peu à sa vie intime. Morin avait toujours un œil sur elle, et il remarqua bientôt qu'elle commençait à retomber dans les accès de tristesse qu'il lui avait vus à Paris et à Cannes.

Un matin, il la trouva assise dans son balcon, le front dans les mains.

« Mademoiselle, dit-il, vous devenez triste, pourquoi? »

Alberte releva vivement la tête.

« Morin, répondit-elle à voix basse, je pense à Jean. »

Morin ne trouva qu'un gros soupir comme réponse.

« Je pense à Jean, reprit Alberte en levant les yeux au ciel, et à tout ce qu'il m'a dit. »

— A tout ce qu'il vous a dit? répéta Morin qui n'en savait pas plus long.

usage la belle langue de la poésie, est-ce que le rayon d'or qui tremble là sur l'herbe est inutile? est-ce que la fleur qui nous jette en ce moment son parfum est inutile? est-ce que l'étoile qui nous ravira les yeux ce soir est inutile? »

Morin ne dit pas cela; mais il le pensa confusément et le formula, lorsqu'il dit en secouant la tête :

Asseyez-vous, je vous prie.

— Oui, vous ne savez peut-être pas ce que c'est?

— Non, mademoiselle.

— Eh bien! écoutez », dit Alberte.

Et avec cette sûreté de mémoire qui n'appartient qu'aux intelligents, elle redit la dernière conversation qu'elle avait eue avec Jean de Châteaugrand.

« Voilà ce qui me rend triste, Morin, dit-elle en finissant, je ne suis qu'une petite fille inutile.

— Vous! » s'écria Morin.

Et il regarda au dehors, pensant quelque chose, mais ne sachant comment l'exprimer.

« Ah! lui aurait-il dit s'il avait eu à son

« Non, non, mademoiselle, vous n'êtes pas inutile, au contraire.

— Dans tous les cas, il faut bien que j'attende, gémit Alberte. Cependant, même ici, j'ai des moments d'ennui. Mais n'est-ce pas Mlle Rose qui vient-là?

— C'est elle », dit Morin en avançant d'un pas sur le balcon.

Dans la grande allée s'avançait une femme vêtue de noir, coiffée d'un très simple bonnet tuyauté, et dont la démarche était pleine de modestie et de dignité. C'était l'institutrice communale.

La duchesse avait rebâti l'école à ses frais et, connaissant le mérite de Mlle Rose, elle s'en remettait volontiers à elle du

QUAND LA VOITURE ARRIVA.

soin de signaler les personnes dont la position réclamait quelque secours. La duchesse donnait volontiers, mais il fallait venir lui tendre la main.

« Y a-t-il quelqu'un au salon? demanda Alberte.

— M. le marquis de la Tour Salansac fait l'écarté de Mme la duchesse.

— Alors, je descends, je causerai avec Mlle Rose.

Elle descendit en effet dans la grande salle du rez-de-chaussée, où la duchesse faisait sa partie d'écarté avec son ancien danseur.

Mlle Rose, assise modestement à l'écart, attendait la fin de la partie pour adresser la parole à la maîtresse de céans, et ce fut près d'elle qu'Alberte alla s'asseoir.

Elle entendit bien le marquis qui, d'une voix chevrotante, disait de son encoignure :

« Quel est ce pas léger? Je salue sans la voir la brillante fleur de la Rochefaucon. Qu'elle vienne me montrer son riant visage; » mais elle se contenta de faire une révérence en disant : « Bonjour, monsieur le marquis, » et demeura au fond du salon.

« Mademoiselle Rose, il y a bien longtemps que vous n'êtes venue au château, dit-elle aimablement.

— J'ai bien peu de temps à moi, mademoiselle, et je crains de déranger Mme la duchesse.

— Les petits garçons vont-ils maintenant plus régulièrement à l'école?

— Non, mademoiselle, pas un d'eux ne vient la journée entière.

— Vous ne les punissez jamais non plus, m'a dit M. le curé !

— Quand je les punis, ils ne viennent plus du tout.

— Les petites filles sont sages, je crois?

— Très sages, celles qui viennent.

— Il y en a aussi qui manquent?

— Beaucoup, leurs frères les entraînent dans leurs promenades et dans leurs jeux.

— Mademoiselle Rose, ce doit être bien ennuyeux de montrer à lire à de vilains enfants têtus? »

Mlle Rose, qui avait une très belle figure calme, fixa ses yeux timides, qu'elle tenait généralement baissés, sur la petite fille, et répondit très simplement : « C'est mon devoir, mademoiselle, et un devoir n'est jamais ennuyeux.

— Vous ne vivez pas dans l'égoïsme, vous! »

Mlle Rose regarda de nouveau Alberte. Le mot qu'elle prononçait lui était évidemment étranger.

En ce moment la duchesse reculait son fauteuil, en disant :

« Ma bonne Rose, la partie est finie, vous pouvez venir me conter l'affaire qui vous amène. »

Mlle Rose se leva, fit quelques pas et se tint debout au coin de la table au tapis vert.

« Asseyez-vous, je vous prie », dit la duchesse.

Mlle Rose regarda derrière elle, hésitant à s'asseoir sur les fauteuils dorés; mais Alberte s'empressa d'en traîner un auprès d'elle.

« Monsieur le marquis, reprit la duchesse, vous le savez peut-être, Mlle Rose est l'institutrice communale de notre petite commune. Elle enseigne à lire, à écrire et à compter aux petites filles et petits garçons jusqu'à sept ans.

— Et les autres, qu'en faites-vous? demanda le marquis en ouvrant une tabatière d'or.

— Oui, qu'en fait-on, ajouta la duchesse nonchalamment.

— Les autres vont chez l'instituteur de la commune voisine, madame la duchesse.

— Ah! c'est vrai, chez vous par conséquent, Monsieur le marquis.

— Ce n'est pas dommage, nous avons un homme excellent, très capable et dont l'école est très suivie.

— Très suivie, répéta doucement Mlle Rose.

— Voyons, qu'avez-vous à me demander aujourd'hui? dit la duchesse dont la main retournait machinalement vers les cartes.

— Je viens vous dire, madame la

duchesse, que le fermier de Bertonville a enfin donné son consentement à sa nièce.

— Ah! parfait. M. le marquis ne sait pas de quoi il s'agit, dites-nous cela ma bonne Rose. »

Mlle Rose croisa ses longues mains blanches et dit simplement :

« Il y a deux familles à la grande ferme de Bertonville. La fille de l'aîné des frères a toujours eu la pensée de se faire religieuse, et elle suivait ma classe avec la permission de ses parents, uniquement pour acquérir l'instruction demandée aux Sœurs de charité. Son père, qui était un homme très sage, est mort malheureusement avant son entrée, et son oncle, devenu son tuteur, s'est opposé à son départ de la ferme. Elle a attendu cinq ans. Aujourd'hui sa sœur a dix-huit ans et peut la remplacer. Elle a redemandé son consentement à son tuteur qui, sur les instances de Mme la duchesse, consent à la laisser libre de suivre sa vocation ; mais il refuse de lui rendre ses comptes.

— J'ai dit que je la doterais, dit la duchesse. A quelle somme se monte cette dot?

— Quinze cents francs, madame.

— Eh bien, à l'automne nous verrons. Je ne pourrai disposer de cette somme qu'à l'automne.

— Voulez-vous que nous partagions duchesse? dit le marquis qui s'éventait élégamment avec son foulard de soie rouge. Je connais très bien cette petite Bertonville, c'est la fille la plus modeste et la plus dévouée de nos environs, et cette aumône-là comptera double, puisqu'elle servira à renforcer l'armée du bien.

— Mon cher marquis, si nous partageons, rien ne s'oppose à ce que cette enfant profite de la permission qui lui est donnée.

— Eh bien, c'est entendu, nous ferons de moitié ce cadeau à la pauvre humanité. Une fille de Saint-Vincent-de-Paul! mais c'est un lingot d'or pur jeté dans la circulation.

— Elles rendent, comme toutes les religieuses, de bien grands services à la société, et nous devons remercier Mlle Rose.

— Je fais de mon mieux, répondit Mlle Rose en se levant.

— Mademoiselle Rose, vous ne quêtez pas pour l'église, aujourd'hui?

— Non, madame la duchesse, grâce à

vous la lingerie est devenue suffisante. Je vous prierai seulement à l'occasion de vouloir bien avertir vos fermiers que les petits garçons ne suivent pas régulièrement l'école. »

La duchesse agita la main par un geste plein d'indifférence.

« Oh! ceci ne me regarde point, dit-elle; s'ils ne veulent pas envoyer leurs enfants à l'école, cela les regarde.

— Mais ils n'apprennent pas même leurs prières, et leur vagabondage est d'un très mauvais exemple pour les petits pauvres. Voilà huit jours que sur vingt petits garçons inscrits, je n'en ai vu que cinq.

— Je n'y puis rien, ma bonne Rose, je n'y puis rien. Ceci regarde M. le curé et vous.

— Je connais bien ces petits transfuges, dit Alberte, tous les jours ils vont pêcher dans le ruisseau du grand pré.

— Eh bien, ma belle enfant, il faut de votre autorité les renvoyer à l'école, dit le marquis. Je suis sûr que vous auriez plus d'influence sur eux que M. le curé et Mlle Rose ensemble. »

Sur ces dernières paroles, il se souleva pour saluer Mlle Rose qui s'inclinait humblement pour prendre congé.

Pendant qu'elle traversait le salon de

son pas lent et régulier, la duchesse la suivit des yeux.

« Cette femme est la dignité en personne, murmura-t-elle, je l'estime infiniment. »

Et tendant les cartes à son partenaire :

« C'est à vous la donne, » ajouta-t-elle.

XXIII

Les Sans-mouchoirs.

PENDANT que la partie se continuait, Alberte conduisait Mlle Rose jusqu'au portail ogival. Elle se disposait à la quitter, lorsqu'en regardant le talus de droite elle s'écria :

« Voilà vos écoliers qui courent les champs ! »

Contre le talus étaient blottis trois petits garçons de six à sept ans. Entassés les uns sur les autres, ils se dissimulaient de leur mieux contre un vieux tronc de châtaignier, et la couleur de leurs grossiers vêtements et celle de la terre argileuse se confondaient si bien, que, malgré le rayonnement de leurs petits yeux brillants, il fallait le regard d'Alberte pour les découvrir.

« Je les reconnais, dit Mlle Rose en les contemplant de son regard tranquille, ce sont mes plus grands, et voilà huit jours qu'ils n'ont pas paru à l'école. Pas un d'eux ne sait sa prière, ni le premier mot de l'alphabet.

— Appelez-les, dit Alberte, ils n'oseront peut-être pas désobéir devant moi.

— Pierre, Joseph, Jacques ! » dit Mlle Rose avec un geste d'appel. Pas un enfant ne bougea.

Mlle Rose fit un pas vers eux. Le premier se glissa comme un petit serpent le long du tronc du châtaignier, dans l'intention évidente de gagner le haut du talus.

« C'est trop fort », dit Alberte.

Elle bondit en avant.

« Venez ici », commanda-t-elle d'une voix vibrante.

Les enfants la regardèrent et, d'un commun accord, se laissèrent tomber dans le fossé.

— Ici, reprit Alberte, dont l'œil bleu lançait des éclairs, venez ici ! »

Ils vinrent en traînant les pieds, en se mouchant avec leurs manches ; mais ils vinrent.

Ils connaissaient bien la petite duchesse, et en ce moment elle leur paraissait tout à fait imposante.

« Pourquoi n'allez-vous pas à l'école, paresseux que vous êtes ? » demanda Alberte.

Ils se mouchèrent de plus belle avec leurs manches, ce fut leur réponse.

« Je veux que vous y alliez tantôt, reprit Alberte, vous m'entendez bien, et comme vous avez peut-être oublié le chemin, je vous y conduirai moi-même. A quelle heure commence la classe, mademoiselle Rose ?

— A deux heures, mademoiselle.

— Eh bien, comptez sur eux. Vous serez ici avant deux heures ; vous m'entendez bien ? »

Les trois têtes ébouriffées s'inclinèrent en même temps en signe de consentement, puis les petits garçons reculèrent et s'enfuirent.

« Ils vous ont obéi, ils vous obéiront peut-être, mademoiselle Alberte. Si vous leur disiez d'amener leurs camarades qui vont pêcher avec eux ?

— Hé ! hé ! petits, cria Alberte, hé ! hé ! les sans-mouchoirs ! »

Les petits garçons, qui commençaient à courir en se culbutant, revinrent lentement sur leurs pas.

« Vous amènerez vos camarades, commanda Alberte, ceux qui vont pêcher avec vous dans le ruisseau du grand pré, et si Mlle Rose est contente de vous, je vous donnerai des images et des gâteaux. »

Les sans-mouchoirs parurent enchantés de cette promesse et s'éclipsèrent.

« Croyez-vous que Mme la duchesse vous permette cela, demanda Mlle Rose ?

— Ma tante me laisse faire ce que je

veux, et lorsque je m'assoupis, elle me dit souvent : va donc visiter l'école de Mlle Rose.

— Et vous n'êtes jamais venue, mademoiselle?

— Non; mais s'il est utile d'y aller, j'irai. J'ai beau chercher, je ne vois rien d'utile à faire à la Rochefaucon.

— On fait le bien partout, répondit

transformée depuis des siècles en musée de famille. Alberte l'y suivit avec regret. Elle aimait beaucoup cependant ce sombre appartement si aristocratiquement habité. Quelques-uns de ces portraits étaient l'œuvre d'artistes célèbres et, en les considérant, elle s'initiait aux délicatesses et aux merveilleux effets de la bonne peinture.

Venez ici !

Mlle Rose, vous en ferez bientôt l'expérience. A tantôt, mademoiselle Alberte.

— A tantôt, mademoiselle Rose. »

Mlle Rose s'en alla paisiblement par le chemin qui conduisait au bourg, Alberte retourna au château et alla s'aboucher avec Mme Morin, qui lui fit une part de friandises pour ceux que la petite fille appelait, non sans raison, — les sans-mouchoirs.

Pendant le dîner elle parut très absorbée en même temps que très satisfaite et, lorsqu'elle conduisit la duchesse faire son tour de parc, ses petits pieds battaient impatiemment le sable d'or de l'allée. La duchesse trouvant le soleil trop ardent désira finir sa promenade dans la galerie

En ce moment, bien que le soleil dorât magnifiquement les armures ciselées et rendît un éclat qui jouait la vie aux beaux yeux des damoiselles et des pages, Alberte trouva la promenade longue. Elle craignait de manquer le rendez-vous qu'elle avait elle-même fixé, et ce fut avec un véritable soulagement qu'elle entendit la duchesse dire tout à coup :

« La chaleur me poursuit partout et me porte au sommeil. Je vais dormir un peu. »

Alberte la conduisit jusqu'au seuil de sa chambre, puis descendit rapidement. En passant auprès de l'office, elle prit le panier préparé par Mme Morin et s'élança vers le portail d'entrée. Comme elle le franchissait, elle aperçut les trois petits transfuges du matin. Serrés les uns contre les autres, ils regardaient curieusement du côté de la porte.

« C'est bien, dit Alberte, vous avez été obéissants, voici votre dessert. »

Elle s'assit sur le soubassement du portail, ouvrit son panier et prit trois macarons.

« Vous n'avez pas parlé à vos camarades, demanda-t-elle en lançant un macaron que les petites mains attrapèrent au vol.

— Si, mademoiselle, » dit le plus grand. Et s'enhardissant tout à coup, il fourra deux doigts dans sa bouche, et gonflant ses grosses joues, fit entendre un siffle-ment aigu.

Aussitôt de petites têtes émergèrent des talus, d'autres apparurent derrière les troncs d'arbres.

« Venez, venez, cria Alberte, il y en a pour tout le monde. »

Une demi-douzaine de petits garçonnets arrivèrent en trottinant.

Alberte distribua tous ses gâteaux et, déposant le panier sur la pierre, se leva :

« A l'école, maintenant », dit-elle majes-tueusement.

Elle prit un chemin planté de peupliers et marcha gravement, se détournant de temps en temps pour s'assurer qu'ils la suivaient. Ils la suivirent de loin jusqu'à une grande maison neuve placée à l'angle de deux routes.

Elle ouvrit la porte d'entrée, puis une seconde porte, et pénétra dans la classe, suivie de son petit bataillon.

La classe était un grand appartement dont les murs crépis à la chaux portaient une guirlande d'alphabets et de petits tableaux d'écriture. Des tables et des bancs grossiers la remplissaient à droite et à gauche. La partie gauche était remplie par des petites filles de tout âge qui se tenaient fort bien ; la partie droite était à peu près vide. C'était celle des sans-mouchoirs, qui s'y installèrent bruyamment.

Mlle Rose, debout auprès d'un fauteuil

de paille, se préparait à faire la prière devant un grand crucifix, dont la croix ressortait en noir sur la muraille blanche.

Alberte alla s'agenouiller sur le premier banc des filles et répondit la prière ; puis elle demanda à Mlle Rose la permission d'assister à la leçon, s'installa dans un coin et demeura muette spectatrice de ce qui se passait.

Les petites filles, parfaitement disci-plinées, récitèrent bien leurs leçons et montrèrent une application remarquable. Quant aux sans-mouchoirs, ils firent preuve d'une ignorance profonde. La plupart ne savaient pas lire, ils bâillaient tous à faire pitié et se seraient mis volon-tiers à cheval sur leur banc. Mais la pré-sence de la petite duchesse les tenait en respect. Un coup d'œil jeté vers elle suffi-sait pour les faire obéir, et la classe se passa sans encombre. Ils écoutèrent l'explication très claire et très pénétrante que leur fit Mlle Rose sur la leçon du catéchisme, qui traitait de la prière, et voyant Alberte très sérieuse ils se mon-trèrent très attentifs.

Quand tinta la clochette du départ, le naturel prit un peu le dessus ; ils se bous-culèrent pour sortir au plus vite ; et cependant lorsque la petite fille sortit accompagnée de Mlle Rose, elle les retrouva alignés dans le chemin.

Évidemment ils l'attendaient.

« Écoutez, dit-elle, vous serez ici à neuf heures demain, vous entendez bien, je vous attendrai ici. »

Sur ces paroles ils s'envolèrent comme des oiseaux mis en liberté, tandis que les petites filles prenaient bien tranquillement le chemin de leur chaumière, leur panier au bras.

« Mademoiselle, je ne les ai jamais vus si sages, dit Mlle Rose ; vous feriez une grande charité de vous en occuper un peu.

— Je le ferai, mademoiselle ; je vous dis : à demain !

— Oh ! pas à demain ; vous ne viendrez pas tous les jours ?

— Je viendrai tous les jours s'il le faut ;

je vais en demander la permission à ma tante. »

Sur ces paroles, Alberte retourna vers le château d'un pas léger, et toute fière en son for intérieur d'avoir réussi à faire rentrer les petits indisciplinés dans leur devoir.

XXIV

Une visite.

En découvrant un moyen de se rendre utile, Alberte avait conjuré l'ennui qui n'eût pas manqué de l'atteindre à la Rochefaucon, où sa vie n'avait ni but, ni règle, ni distractions.

Elle comprit que son influence sur cette petite population ferait ce que n'avait jamais pu faire Mlle Rose, et elle prit au sérieux la tâche de ramener ce petit monde à l'ordre.

Pour cela, elle suivit régulièrement la classe et finit par y travailler pour son propre compte.

L'humble institutrice de village était instruite à sa manière, et Alberte, comme tous les esprits un peu élevés, s'arrangeait fort bien de la rusticité du petit peuple de l'école. Les intelligents cherchent d'abord le vrai et, comme Eugénie de Guérin, ils préfèrent les esprits neufs aux esprits prétentieux.

Un bruit étrange se répandit bientôt dans la commune. La petite duchesse allait à l'école chez Mlle Rose. Il n'en fallut pas davantage pour réveiller le zèle endormi des parents. Ils surveillèrent eux-mêmes leurs enfants, et ce que Mlle Rose n'avait jamais pu obtenir se fit tout naturellement. Les sans-mouchoirs arrivèrent à l'école débarbouillés et les

mains propres. Et il fallait voir comme les mères traînaient elles-mêmes les récalcitrants jusqu'à la porte de l'école.

Pour récompenser de si louables efforts, Alberte obtenait mille faveurs pour ses protégés.

Le jeudi matin, avant que les persiennes de la duchesse s'ouvrissent, tout le clan masculin de l'école suivait la petite duchesse dans le parc rempli de merveilles demeurées jusque-là inaccessibles à la curiosité. Un certain kiosque chinois surtout plongeait les enfants dans une admiration inépuisable. Il était éclairé par des vitres de couleur, et, voir le château se dessiner devant eux en rouge, en jaune, en bleu, ravissait les marmots. L'après-midi, Alberte les suivait jusqu'au grand pré, traversé par un ruisseau profond où frétillaient de petites anguilles.

Là on pataugeait avec délices, d'autant mieux qu'on n'était plus chassé ni houspillé par le fermier, toujours peu soucieux de voir fouler son herbe par tous ces petits pieds nus.

De loin en loin des visites de voisins retenaient Alberte auprès de la duchesse ; mais elle trouvait toujours le temps de faire une apparition chez Mlle Rose.

Quand arriva la Fête-Dieu, elle demanda un crédit extraordinaire et se ruina pour l'ornement du reposoir et l'équipement des sans-mouchoirs. Mais elle se trouva largement récompensée de sa peine et de ses sacrifices, le jour où elle les vit défiler processionnellement, revêtus de leur petite aube blanche et coiffés d'une calotte rouge. Jamais la procession de la paroisse n'avait eu de pareilles splendeurs. La duchesse, sur les instances d'Alberte, avait fait don d'un dais tout neuf en drap d'argent ; le reposoir, éblouissant, se composait de toutes les fleurs contenues dans le château, et le Saint-Sacrement était précédé d'un groupe enfantin qui semait des fleurs sur les pas du vieux curé.

Enfants et fleurs étaient un hommage de la petite fille au divin Maître qu'elle commençait à adorer, et cette fête religieuse lui laissa un de ces souvenirs purs et pénétrants qui parfument la vie.

Elle était à peine sortie des embarras qu'elle s'était généreusement donnés pour l'organisation des fêtes religieuses de la paroisse, lorsqu'une grande nouvelle lui arriva.

M. de Valroux écrivit qu'il avait le bonheur d'être père d'une ravissante petite fille qui porterait le nom d'Agnès.

ques mots sur son bonheur de posséder à ses côtés une enfant charmante qui lui témoignait une affection pleine de déférence. La duchesse souriait et semblait partager ce sentiment. Elle prenait goût à la société d'Alberte et commençait à ébaucher des plans pour son éducation, qu'il s'agissait de continuer sérieusement et avec suite. Chaque fois qu'elle faisait ainsi allusion à ce qui semblait devoir enchaîner

Les récalcitrants.

A la lettre solennelle de félicitations que répondit la duchesse, Alberte joignit un petit mot très affectueux à l'adresse de Madeleine, lui disant combien elle était ravie de se savoir une nièce et combien elle se sentait disposée à l'aimer.

Cela fait, elle n'y pensa plus, et continua paisiblement son agreste petite vie. Tous ceux qui venaient à Rochefaucon admiraient la fleur de santé qui s'épanouissait sur ses joues; elle grandissait à vue d'œil, et n'était sa toilette enfantine, on aurait pu lui donner seize ans.

Il n'était pas une personne qui ne complimentât la duchesse sur la beauté et sur l'air intelligent d'Alberte, et n'ajouta quel-

Alberte, l'enfant souriait, mais hochait la tête, ce que ne remarquait pas la duchesse.

Vers la fin du mois d'août, Mme de Châteaugrand et Roger s'annoncèrent. Roger visitait ses parents de Normandie avant de rentrer à Saint-Cyr, et sa mère, qui avait passé tout l'été dans sa terre de Bourgogne, consentait à l'accompagner à la Rochefaucon.

Cette nouvelle causa à Alberte une forte émotion qui dégénéra en une sorte d'angoisse.

Elle ne put s'empêcher de verser des larmes à la seule pensée de voir la mère de Jean, ce qui lui valut une réprimande de la duchesse.

« Je suppose, lui dit-elle, que Mme de Châteaugrand vient à la Rochefaucon pour se distraire; je l'y ai engagée dans le temps pour cela, et je ne veux pas de sensiblerie déplacée. Il faut une mesure à tout, et rien ne me déplaît comme les sentiments exagérés. Il reste à Mme de Châteaugrand un grand espoir dans son

fils Roger, qui portera très dignement son nom; cela doit lui suffire. »

Alberte pensa que cette considération était une mince consolation pour sa tante, mais elle ne répliqua rien. Pendant les deux jours de l'attente elle s'appliqua à paraître très gaie. En son for intérieur elle se posait ce problème : suffisait-il de trois mois pour qu'une grande douleur comme celle que Mme de Châteaugrand avait éprouvée fût éteinte?

Cette pensée hanta son cerveau tout le jour de l'arrivée, et elle en était si singulièrement impressionnée, que lorsque la cloche de la tourelle annonça l'entrée d'une voiture elle s'éclipsa.

La duchesse, avertie par Morin, descendit majestueusement l'escalier et vint attendre les voyageurs sur le perron. Alberte, cachée derrière le rideau de la salle à manger, les guettait dans une indicible émotion. L'image de Jean était encore si vivante dans son cœur, qu'elle ne pouvait se figurer sa mère et son frère consolés. Si cependant cela était? La duchesse avait si catégoriquement affirmé devant elle qu'il n'y avait pas de regrets éternels, et que les chagrins exagérés étaient de très mauvais goût!

Au premier regard qu'elle jeta sur les arrivants son cœur se serra. Mme de Châteaugrand était en grand deuil, mais son visage était reposé et souriant. Quant à

Roger, il était charmant dans son costume coupé à l'anglaise, et les notes vibrantes et joyeuses de sa voix arrivèrent jusqu'aux oreilles de la petite observatrice.

Tout à coup elle entendit prononcer son nom dans le vestibule.

« Est-ce qu'Alberte vous a quittée? » demandait Mme de Châteaugrand.

C'était le moment de se présenter, Alberte n'y manqua pas : elle passa dans le vestibule et s'avança d'un air contraint vers Mme de Châteaugrand.

En l'apercevant, la mère de Jean avait porté la main à son cœur et Alberte embrassa un visage soudainement crispé de douleur et baigné de larmes.

« Jean! » murmura la petite fille en éclatant elle-même en sanglots.

La voix de la duchesse s'éleva mesurée et froide.

« Madame, je vous en supplie, ne restez pas dans ce vestibule plein de courants d'air, dit-elle; Alberte va, si vous le voulez bien, vous conduire dans votre appartement.

— Venez, ma tante », dit Alberte en passant son bras sous le sien.

Elles suivirent la duchesse qui remontait lentement le grand escalier, appuyée sur le bras de Roger.

Sur le palier ils s'arrêtèrent et Alberte osa regarder Roger. Il était très pâle, et la main qu'il lui tendait était glacée sous son gant.

Elle lui sourit à travers ses larmes et entraîna sa tante dans l'appartement qui lui était destiné. Là elle la fit asseoir et, s'agenouillant devant elle, écouta pieusement les accents de cette douleur toujours vivace et qui devait durer autant que la vie de celle qui l'éprouvait.

Quand Alberte quitta Mme de Châteaugrand elle était toute sérieuse, mais tout apaisée. Dans sa chambre elle trouva Morin. Il faisait semblant d'arroser la petite plante qui fleurissait sur le balcon; mais en réalité il voulait savoir ce qu'avait Alberte dont il avait entrevu la physionomie désolée.

« Morin, lui dit-elle, pendant que ma tante de Châteaugrand sera ici, vous aurez soin de m'avertir lorsqu'elle sera seule, car je m'empresserai d'aller lui tenir compagnie. »

Elle se tut, essuya ses yeux ruisselants de larmes et reprit :

« Savez-vous que c'est pour moi qu'elle vient à la Rochefaucon?

— Pour vous, mademoiselle?

Elle s'était intéressée à tout ce qui intéressait l'enfant, et elle l'avait accompagnée plus d'une fois à l'école de Mlle Rose. Roger lui-même avait rendu visite aux sans-mouchoirs et avait fait lire les plus récalcitrants. Or, comme ce jour-là il avait revêtu son uniforme, tous les petits bonshommes émerveillés n'osèrent souffler mot, et promirent tous d'être bien obéissants à Mlle Rose.

Les sans-mouchoirs poussèrent des hurlements de douleur.

— Pour moi, pour moi seule, car moi, je lui parle de son fils. »

Elle regarda le ciel et reprit d'une voix pénétrante :

« Ma tante la duchesse se trompe, Morin. Je sais bien maintenant qu'il y a des affections éternelles. Il y a des personnes qui ne se consolent jamais : ce sont les mères. »

XXV

Les regrets de Madeleine.

LA visite rapide de Mme de Châteaugrand embauma les dernières semaines du séjour d'Alberte à la Rochefaucon.

Le jour même du départ des Châteaugrand, Alberte reçut une lourde lettre timbrée de Valroux.

Elle y trouva la photographie d'un joli bébé qui riait encore aux anges. En lui envoyant le portrait de sa fille, la marquise de Valroux lui écrivait quatre longues pages très affectueuses qui se terminaient par une invitation pressante de retourner au Val Roux. « Me voici fixée au Val Roux et à Paris, disait-elle, et, si tu le veux, tu ne me quitteras plus. Sur un seul mot de toi, j'écrirai à ma tante de la Rochefaucon et je t'enverrai chercher. Médéric se fera un plaisir d'aller te prendre. Viens donc, ma chère Alberte, je t'attends. Si tu savais comme Agnès est jolie et mignonne. Nous en raffolons tous. »

Alberte s'empressa d'aller lire cette lettre à la duchesse qui, à son grand étonnement, prit l'air inquiet et mécontent.

« Est-ce que tu as la pensée de retourner chez ta sœur, Alberte? demanda-t-elle.

— Non, ma tante. Oh! je m'y refuse absolument.

— Et moi aussi. Écris-lui dans ce sens et qu'elle ne recommence pas ses caprices. »

Alberte écrivit nettement à Madeleine qu'elle ne pouvait quitter sa tante de la Rochefaucon, qui avait été si bonne pour elle.

Madeleine répondit à cette froide missive par une lettre éplorée qui ne triompha pas de la résolution d'Alberte. M. de Valroux écrivait de son côté à la duchesse, qui devait être la marraine de sa fille, que toute la famille s'opposait à ce qu'elle envoyât sa procuration, et qu'on attendrait son arrivée pour baptiser Agnès.

Au fond, cette déférence toucha fort la duchesse, qui avança de quelques semaines son retour à Paris en l'honneur de cet événement. Du reste, des pluies persistantes précipitaient la saison automnale, et la campagne perdait beaucoup de son agrément.

Malgré tout, ce ne fut pas sans regret qu'Alberte quitta le beau domaine où elle avait passé l'été, et elle emporta un souvenir pénétrant des humbles amis qu'elle y laissait. Eux, de leur côté, la regrettèrent sincèrement. Les petites filles de l'école pleurèrent comme de petites Madeleines, les sans-mouchoirs poussèrent des hurlements de douleur quand ils comprirent qu'ils ne la reverraient plus ni à l'école ni au château, et Mlle Rose elle-même se troubla légèrement au moment du dernier adieu.

« Mademoiselle Rose, vous prierez pour moi, lui dit Alberte en lui serrant la main.

— Tous les jours, mademoiselle, répondit la sainte fille avec émotion. Je ne sais pas vous remercier; mais je chargerai plus puissant que moi d'acquitter ma dette de reconnaissance. »

XXVI

Tiraillements.

L E sombre hôtel de la rue de Lille a ouvert ses lourdes portes sculptées; la duchesse et Alberte sont arrivées dans la nuit.

En raison de ce voyage nocturne, le déjeuner n'a lieu qu'à une heure. La duchesse et Morin ne parlent que des chevaux qui ne sont pas encore signalés à la gare.

« Écris un mot à Madeleine, dit tout à coup la duchesse à Alberte, et annonce lui notre arrivée. Je suis obligée d'attendre mes chevaux pour aller la voir.

— Il serait plus aimable d'aller le lui dire, remarqua Alberte. C'est bien pour vous, ma tante, d'attendre votre équipage; mais, pour moi, c'est différent. Si vous voulez me donner Morin, j'irai tantôt.

— Je l'envoie chez la chanoinesse chercher une réponse pressée.

— Je puis l'accompagner.

— Mme de Bonlieu demeure très loin.

— Rue de Rennes, 88, ma tante. Ce n'est qu'une promenade pour moi.

— Mais cela ne te ferait pas voir Madeleine, d'aller rue de Rennes.

— De là, je me rendrais aux Champs-Élysées.

— A pied, toujours?

— Ou en voiture, ou en tramway. Ma tante, le tramway est très bien porté, m'a dit Roger de Châteaugrand.

— C'est un omnibus, pas davantage.

— Oui; mais le roi des omnibus. Je vous assure que cette promenade m'amuserait beaucoup.

— Eh bien, fais-là, je n'y vois pas d'inconvénient, avec Morin, qui sait ce qu'il doit permettre ou empêcher. Je vais essayer de dormir. Offre tous mes compliments à Médéric et à Madeleine. »

Sur ces paroles, la duchesse se retira dans son appartement et Alberte alla faire ses préparatifs de sortie.

Un quart d'heure plus tard, elle quittait l'hôtel avec Morin et s'en allait d'un pied léger vers la rue de Rennes. La chanoinesse n'était pas chez elle, mais on donna un grand pli cacheté à l'adresse de la duchesse.

« Mademoiselle, je vais faire avancer une voiture, dit Morin à Alberte lorsqu'ils se retrouvèrent sur le trottoir.

— Non, non! en tramway, répondit Alberte; laissez-moi essayer du tramway, Morin. Tenez, le voilà qui vient; je l'ai vu en gravure. »

Légèrement traîné sur ses rails par deux grands chevaux pommelés, le nouveau véhicule arrivait en effet tout frais vernis, tout élégant avec ses hautes balustrades, ses plates-formes arrondies, ses petits escaliers, pareil à un wagon immense aux parois vitrées.

Alberte y monta lestement et, faisant remarquer à Morin le plafond blanc qu'aucune affiche n'enlaidissait, les élégantes portes mobiles, les confortables banquettes, elle dit :

« Il sont très jolis, les tramways, Morin; n'oubliez pas de le dire à ma tante. »

Entraînée près du berceau bleu.

Morin sourit et inclina la tête en signe d'assentiment.

Le tramway s'arrêta un instant à la station de la gare Montparnasse, puis reprit sa course par le boulevard. Il passa devant l'église neuve de Saint-François-Xavier, traversa la place Vauban, vis-à-vis de ce mausolée magnifique qui s'appelle les Invalides, et s'arrêta de nouveau au delà du pont de l'Alma.

« Nous sommes aux Champs-Élysées, dit Morin qui avait pris ses renseignements : il faut descendre ici, mademoiselle. »

Alberte descendit et ils gagnèrent l'avenue Montaigne. Morin n'était jamais venu de ce côté, il se laissa conduire par Alberte qui alla s'égarer dans la rue Marbœuf, le petit coin le plus vulgaire du brillant quartier. Ils en sortirent par l'escalier de pierre qui aboutit à la rue François Ier, et se retrouvèrent tout près de l'avenue d'Antin.

En approchant de la maison de sa sœur, Alberte se remémorait tout ce qu'elle avait éprouvé dans cet hôtel, et s'affermissait dans la résolution qu'elle avait prise de ne plus accepter d'y vivre. Ce qui n'empêcha pas que, lorsqu'elle gravit légèrement l'escalier blanc, elle sentit se réveiller son ancienne affection pour Madeleine. Elle arriva toute haletante dans sa chambre. Les deux sœurs, oubliant instantanément tous les petits tiraillements du passé, s'embrassèrent avec effusion. Alberte remarqua que Madeleine était très changée et qu'elle n'était pas vêtue d'une manière aussi excentrique que d'habitude.

Entraînée près du berceau bleu de la petite Agnès, elle s'extasia d'admiration sur le joli enfant endormi. Médéric arriva au beau milieu de ce premier élan, et témoigna une grande joie de revoir Alberte, qu'il trouva singulièrement grandie et fortifiée. Il fallut qu'elle écrivît à la duchesse pour lui demander la permission de passer la journée chez sa sœur, et Morin répartit avec le message.

La journée fut un véritable enchantement. Agnès par ses faits et gestes, la remplit tout entière. Elle passa plusieurs heures dans les bras d'Alberte, dont le visage rosé et riant lui plaisait singulièrement. Mme de Valroux renouvela ses instances auprès de sa sœur. Tout était arrangé pour son éducation, pour son installation, et il était trop naturel qu'elle reprit sa place au foyer de son tuteur pour que Mme de la Rochefaucon s'en formalisât.

Alberte se sentit plus d'une fois ébranlée en regardant le petit ange dont on lui proposait la société intime; mais il lui suffisait d'un instant de réflexion pour

retrouver toute son énergie de résistance.

Jusqu'au dernier moment Madeleine espéra lui faire changer de détermination. Elle voulut faire intervenir son mari; mais celui-ci déclara que tout en désirant beaucoup que les souhaits de sa femme s'accomplissent, il était bien décidé à laisser à Alberte toute liberté de finir son éducation où et comment elle voudrait. Il poussa l'amabilité jusqu'à la reconduire dans son phaéton. Ils arrivèrent rue de Lille après huit heures.

La duchesse avait revêtu son négligé de nuit et M. de Valroux n'insista pas pour être reçu. Il chargea Alberte de lui présenter ses hommages.

Alberte, en entrant chez sa tante, fut frappée de la majesté de son air. Elle était en toilette négligée, c'est-à-dire qu'elle s'enveloppait dans une robe de chambre ouatée, et que sa tête disparaissait sous d'épais fichus de mousseline blanche. Devant elle se voyaient des lettres dépliées.

« Je t'attendais, Alberte, dit-elle; j'ai un mot à te dire ce soir même, car il faut en finir. »

Elle prit une lettre entre ses doigts, agités d'un léger tremblement.

« Je suis désolée de le dire, mais j'ai lieu d'être mécontente de Madeleine, continua-t-elle. M. de la Tour Salansac, qui l'a vue hier chez sa belle-mère, m'écrit qu'elle parle de toi absolument comme si elle t'avait reprise chez elle. Elle commet là une grande inconvenance,—car il me semble que je lui ai déjà répondu catégoriquement que je n'étais pas disposée à céder à ce nouveau caprice.

— Ni moi non plus, ma tante. »

La figure de la duchesse s'adoucit.

« Fort bien, dit-elle. A-t-elle renouvelé ces instances aujourd'hui?

— Oui, ma tante, mais j'ai renouvelé mon refus.

— Mais M. de Valroux, qu'a-t-il dit? Il est ton tuteur, et je ne suis jamais entrée en discussion avec une autorité légitime, quelle qu'elle fût.

— Médéric me laisse parfaitement libre.

— C'est un galant homme; j'en étais sûre, il ne voudrait pas manquer à la déférence qu'il me doit. »

Elle prit une seconde lettre, mit son pince-nez, et dit :

« Cette nouvelle m'était d'autant plus désagréable que toutes mes mesures sont prises pour continuer ton éducation. La chanoinesse m'a trouvé une femme très comme il faut, une jeune veuve qui s'occupera de toi et assistera à tes leçons. Je n'ai pas cru devoir laisser passer une occasion unique peut-être. »

Alberte écoutait attentivement la duchesse.

« Ma tante, balbutia-t-elle, comptez-vous donc me garder toujours?

— Certainement.

— C'est que..., c'est que...

— C'est que? dit la duchesse avec une certaine raideur.

— C'est que je suis très désireuse de rentrer au Sacré-Cœur.

— Est-ce possible, Alberte?

— Cela est, ma tante; j'ai beaucoup pensé, beaucoup réfléchi là-dessus. Je ne sais rien, et je ne travaillerai bien que là.

— Une femme peut être aimable sans être extrêmement instruite.

— Et mon caractère, dit noblement Alberte, qui le formera? »

La duchesse, stupéfaite, regarda fixement la petite fille qui était pâle, mais qui avait l'air résolu.

« As-tu parlé à ta sœur de ce nouveau revirement dans tes idées?

— Non ma tante; mais j'ai dit confidentiellement à Médéric que mon plus vif désir était de rentrer au Sacré-Cœur.

— Pour en sortir un mois après?

— Cette fois, ma tante, j'espère n'en sortir qu'aux vacances, et chez vous, si vous le voulez bien. »

Cette dernière phrase fit son effet sur la duchesse.

« Voici qui demande réflexion, dit-elle; dans tous les cas, rien ne presse. Cette dame, cependant..., enfin, j'en parlerai demain à ma cousine. La rentrée n'a lieu que dans quinze jours et nous avons de plus le baptême de la petite Agnès. Nous reparlerons de cette grave affaire. Bonsoir, mon enfant, va te reposer, tu dois avoir la tête fatiguée. »

Alberte sortit et regagna son appartement. La fille de Morin, qui avait repris son service près d'elle, fermait son petit bureau de marqueterie.

« Laissez, Marie, dit Alberte; je suis bien fatiguée, mais il faut que j'écrive à une de mes amies à Londres. Je lui ai promis de lui donner de mes nouvelles aussitôt mon arrivée à Paris. »

Alberte s'assit à son petit bureau et écrivit à Luna un affectueux billet qui se terminait par l'annonce de sa rentrée au Sacré-Cœur de Paris.

XXVII

Librement!

ALBERTE avait cru que sa raisonnable détermination serait approuvée bien vite par toute sa famille, et elle fut aussi surprise qu'affligée de trouver chez sa tante une résistance déclarée.

La duchesse s'était habituée à la voir vivre à ses côtés; elle avait trouvé agréable pour ses yeux de rencontrer ce riant visage de quatorze ans, qui la délassait de la vue des portraits de famille qu'elle contemplait habituellement, et, après avoir beaucoup regretté l'introduction de cet élément vivant et remuant dans le vieil hôtel, elle en était arrivée à ne plus vouloir le laisser sortir.

Or la lutte avec la duchesse prenait un tout autre caractère qu'avec Mme de Valroux. L'âme délicate d'Alberte répugnait à ce qui eût ressemblé à de l'ingratitude, et tout en résistant, elle résistait timidement.

Le temps passait, et rien n'annonçait que la duchesse se rendit à ses prières. Elle ne traitait plus cette question avec Alberte; mais elle avait de longues causeries avec la chanoinesse, et aucune démarche ne se faisait près des religieuses du Sacré-Cœur.

L'avant-veille de la rentrée, Alberte parla de nouveau à Mme de la Roche-faucon, qui lui répondit froidement que la question n'était pas tranchée, et qu'il était d'ailleurs de toute convenance qu'elle assistât au baptême de sa nièce.

Cette cérémonie solennelle, longtemps

d'apparat, ouvert pour la circonstance.

« La chanoinesse me dit que la dame à laquelle elle pensait pour toi part avec une famille anglaise, si je ne prends une décision, dit-elle, et ton air préoccupé me préoccupe moi-même. Es-tu toujours résolue à me quitter ? »

Alberte regarda la duchesse. Elle avait le teint animé, les yeux brillants ; elle était

Elle courut à la recherche de son beau-frère.

retardée pour une cause ou pour une autre, eut lieu enfin, et un matin, vers dix heures, l'équipage de gala conduisit la duchesse et Alberte en grande toilette, d'abord à l'hôtel de l'avenue d'Antin, puis à Saint-Pierre de Chaillot, où devait avoir lieu la cérémonie religieuse, qui se fit avec une grande pompe. A l'issue du baptême, un déjeuner réunit tous les membres de la famille dans le vieil hôtel de la rue de Lille.

Alberte, qui était retombée dans le vague des indécisions, ne partageait pas l'animation générale, ce qui fut remarqué.

La duchesse, qui avait longuement entretenu M. de Valroux à son sujet, la prit à part au moment de passer dans le salon

toute rajeunie sous ses dentelles par cette fête de famille qu'elle avait présidée avec la majesté et la grâce qui la caractérisaient.

Jamais elle ne lui avait paru mieux disposée, ni plus attendrie.

Elle prit entre ses deux mains les doigts de la duchesse, qui étincelaient de diamants magnifiques.

« Ma tante, j'ai vécu bien heureuse toute une année chez vous, dit-elle ; mais je suis trop jeune et trop indépendante pour que cette vie-là me convienne. Jamais je ne serai sérieuse si je ne prends pas de bonnes habitudes et si je ne me plie pas à l'obéissance.

— Tu es devenue la petite fille la plus

raisonnable du monde, reprit la duchesse en souriant : va me chercher Médéric. »

Alberte courut à la recherche de M. de Valroux et, lui prenant le bras, l'amena à la duchesse.

« Finissons-en avec cette sage petite fille, dit la duchesse. Que trouvez-vous de mieux pour elle, Médéric ?

— Ce qu'elle a elle-même choisi : sa rentrée au Sacré-Cœur, ma tante.

— On voit que vous êtes devenu père de famille, mon cher neveu ; eh bien ! que votre vœu raisonnable à tous les deux soit exaucé. »

Une heure plus tard, les invités étaient tous partis, moins Mlle Agnès qui dormait dans les bras de sa nourrice ; la duchesse remonta en voiture. Alberte embrassa avec un petit sourire de regret la figure joufflue de l'enfant et tendit la main à Morin en lui disant : « A bientôt ».

La voiture fut en quelques minutes à la porte de l'hôtel de la rue de Varennes, et la duchesse, conduite par Alberte, prit le chemin du grand parloir. La supérieure ne se fit pas attendre, et la duchesse présenta sa nièce dans toutes les formes, en ajoutant qu'elle venait cette fois de son plein gré et malgré toutes les instances qui lui avaient été faites.

« Dans ce cas, nous la recevons à bras ouverts, madame, répondit la religieuse en souriant, et j'aurai le plaisir de dire à ma sœur de Lander qu'elle a été bon prophète, car elle a toujours dit, à propos d'Alberte : elle reviendra.

— Vous avez eu la bonté de ne pas l'oublier, madame ? dit la duchesse avec son exquise politesse.

— Oh ! non, n'avons-nous pas à nous souvenir de ces chères enfants devant Dieu. Depuis la rentrée, d'ailleurs, j'ai beaucoup entendu parler d'Alberte et de son raisonnable projet. Il nous est arrivé une petite étrangère qui s'attendait à la trouver ici.

— J'ai connu beaucoup d'étrangères, au Sacré-Cœur, madame.

— Celle-ci est nouvelle, il me semble. Du reste, la voici avec ma sœur de Lander. »

Mme de Lander entrait, en effet, suivie d'une petite pensionnaire aux yeux noirs et au gai sourire.

« Luna ! » s'écria Alberte.

Elles s'embrassèrent avec effusion, et, pendant que la duchesse qui levait la séance se dirigeait vers la porte, Luna fit rapidement ses petites confidences : David était parti pour Bombay, et elle avait obtenu de venir la retrouver au Sacré-Cœur de Paris, où Alberte lui avait écrit qu'elle devait rentrer.

Ce fut avec une tendresse tout à fait inusitée que la duchesse prit congé d'Alberte.

Elle l'embrassa deux fois, ce qui ne s'était jamais vu, et la quitta en lui promettant de se présenter tous les dimanches.

Quand la porte se referma derrière la duchesse de la Rochefaucon, Mme de Lander prit la main d'Alberte.

« Eh ! comment notre petite duchesse va-t-elle se conduire désormais ? » dit-elle d'un ton sérieux.

Alberte arrêta sur elle son beau regard qui avait pris une singulière puissance de réflexion, et d'une voix douce et pénétrante répondit :

« Madame, il n'y a plus de petite duchesse, il y a une simple petite fille qui ne veut pas être une femme-poupée, mais une femme sérieuse, et qui rentre librement dans la maison du bon Dieu. »

449-21. — Coulommiers, Imp. PAUL BRODARD. — 4-21.

www.ingramcontent.com/pod-product-compliance
Lightning Source LLC
Chambersburg PA
CBHW060837250626
47162CB00005B/2093